くじ引き特賞:
無双ハーレム権
三木なずな
Illust.瑠奈璃亜
Grand Prize:Unrivalled
HARLEM TICKET

エレノア
魔剣擬人化幼女
……くじびき？　楽しそうだな。我にもやらせろ。

結城カケル
くじびきであらゆる能力を
７７７倍にする力を手に入れ
異世界にやってきた。
ミウ
犬耳もふもふメイド

わたくしの名は、
ヘレネー・テレシア・メルクーリ。
助けてくださってありがとうございます。

ヘレネー
メルクーリ王国の第三王女。
賊に襲われていたところを
カケルに助けられた。

ベッドで上でへとへとしてるのが四人になった。
初めてのミウとイオはヘトヘトに、ヘレネーと
デルフィナは、ますますヘトヘトになった…。
ミウ
ヘレネー

イオ
押しかけ弟子魔法使い
デルフィナ
豪商の辣腕悩殺美女

Grand Prize: Unrivalled
HAREM TICKET

CONTENTS

くじ引き特賞：無双ハーレム権

三木なずな

GA文庫

カバー・口絵　本文イラスト

瑠奈璃亜

プロローグ．スキル選択

商店街、おれは抽選券を持って並んでいる。

「はい、参加賞のティッシュ」

買い物でゲットした抽選券一枚、どうせ当たりはしないけど、なんとなく並んでる。

前の人が次々と外れのティッシュをもらう中、おれは賞品のリストを見た。

・参加賞　ティッシュ
・五等　商品券一〇〇〇円分
・四等　お菓子詰め合わせ
・三等　最新型スマホ
・二等　温泉旅行二名様
・一等　？？？

ありきたりなリストだけど、一等が気になる。

普通に考えて温泉旅行よりも上だから、海外旅行とかそのあたりだろうか。

そんな事を考えてるうちに、列がどんどん進む。

ガランガラン、ハンドベルの音が聞こえた。

おれの一つ前にいた男が何か当てたみたいだ。

「おめでとうございます！　なんと！　なんと一等賞です！」

「おおおおお、やった！」

男はガッツポーズした。

「では賞品の説明をさせて頂きますので、奥へどうぞ」

「おう！」

男はスタッフに連れられて奥に入っていった。

前の人がいなくなったので、おれの番だが。

「一等の後じゃなあ……」

スタッフが一等の所にマジックで大きな×を入れた。なくなったって意味だ。

「まっ、スマホが残ってるみたいだし、とりあえず回してみっか」

抽選券をスタッフに渡して、抽選器を回す。

ガラガラガラ――――ポトッ。

「おお！」

ガランガランガラン、スタッフがハンドベルをならした。

「え、当たり、マジ？」

おれはビックリした、まさか当たるとは思わなかったからだ。

出てきた玉を見る。玉は虹《にじ》色だ。

景品リストを見る。

一等が金で、二等が銀、三等が銅の赤で、四等と五等がそれぞれ青と黄色だ。

虹色なんてどこにも書いてない。

「これは？」

玉を持って、スタッフに聞く。

「おめでとうございます！　隠し賞・特等賞の大当たりです！」

「そんなのあるんだ」

まわりがおお、と言ったりパチパチと拍手したりした。

「では説明させて頂きますので、中へどうぞ」

「わかった」

スタッフに連れられて、建物の中に入る。

おれはワクワクした。説明が必要な程の賞品ってなんだろう。

中に入ると、さっき一等賞を当てた男がいた。

中にもう一つ、さっきのと同じ手回しの抽選器があった。

男はそれを回して、二つの玉を出した。

横にいる別のスタッフがそれを持って、言った。

「触手ですね」

「もしかして触手が使えるスキルなのか？」

「はい、その通りです」

「よっしゃ！」

「では、転移します」

何が起きているのか、何を言ってるのかわからなかった。

ただ、とんでもない事が起きてる、それだけはわかった。

何故なら、スタッフがそう言うと、男の足元から光の——魔法陣の様なものが現れて、男はどこへともなく消えてしまったからだ。

「な、なんだ一体」

「えっと、あなたは」

「特等賞を当てた方です」

「そうでしたか」

部屋の中にいたスタッフは頷《うなず》いて、おれに言った。

「改めておめでとうございます。これより、特等賞の景品を説明させて頂きますね」

「あ、ああ……」

「特等賞は、先ほどの一等賞と同じように、異世界に転移する事ができる権利です」

「えっ、今なんて？」

「異世界に転移する事ができる権利です」

スタッフは同じ台詞《せりふ》をリピートした。

「……なんの冗談だ？」

「さっきの方のを見ていましたよね」

スタッフは言った。おれはうぐっ、ってなった。

魔法陣が出て、男は消えた。

確かに普通じゃない。

「あれで異世界に転移しました」

「本当なのか？」

「その辺は転移した後に嫌でも信じる事になるでしょう」

スタッフは言った。その自信が真実味を増している。

「さて、そこまでは一等賞も特等賞も同じです。二つの違いは、一等賞はこちらの抽選器で一つスキルを抽選して、向こうの世界で使えるのですが、特等賞ではこちらを好きなだけ回せます」

「好きなだけ？」

「はい、とは言っても実際に持ち込めるのは一つだけです。気に入ったスキルが出るまで回せるという意味です」

「なるほど……」

まだ何がなんだかわからないけど、とりあえず頷いた。

「何度も再チャレンジできますので、とりあえず回してみてはどうでしょう。あっ、ちなみにこの部屋の中は半分異世界なのでスキルの試し打ちができます」

「お、おう……」

やっぱりまだわからないけど、とりあえず受け入れて先に進めることにした。

おれは抽選器の取っ手を取って、回した。

玉が出てきた。スタッフがそれを取って、言った。

「火吹き男……口から火を吹けるスキルですね」

「火を？」

「吹いてみます？　あ、危険ですのでわたしに向かって吹かないで下さいね」

吹いてみる？　って言われてもどうしたらいいのか……。

おれはとりあえず、横を向いて息を吹きかけた。

「うわ！」

なんと、本当に口から火を噴いた！　顔がちょっとちりちりする。

「どうですか？　その能力でいきますか？」

「えっ、いやいやまてまて」

手をかざして、額に指を当てて考えた。

思考が混乱してる。混乱してる中、一つだけはっきりしてるものがあった。

「もしかして……本当に？」

だった。

「疑う気持ちはわかりますけどね」

スタッフは言った。

「……じゃあ、やり直して。いくらでもやり直していいんだよな」

「はい、そうです」

「それと、同じものが出る可能性は？」

「あります」

「よし」

おれは頷いた。

いくらでもやれて、同じものがまた出るのなら、いろいろ試してみてからの方がいいだろう。

ガラガラガラ、ポトッ。

「これは……全能力十倍ですね。あなたの全《すべ》ての能力が純粋に十倍になるスキルです」

「地味だな、やり直し」

ガラガラガラ、ポトッ。

「賢者。あらゆる知識を持っているスキルです」

「怖い話になりそうだ、やり直し」

ガラガラガラ、ポトッ。

「バーサーカー、これは――」

「名前からしてNG《エヌジー》、やり直し」

ガラガラガラ、ポトッ。

「全能力二倍、えっと――」

「ダメになってる、やり直し」

ガラガラガラ、ポトッ。

「ごめんなさい、今度は全能力三倍です……」

「はい、やり直し」

ガラガラガラ、ポトッ。

ガラガラガラ、ポトッ。

ガラガラガラ、ポトッ。

おれは回した、抽選器を回し続けた。

とにかくひたすら回した。

回して、説明を聞いて、やり直した。

使えそうな能力もあったけど、回せば回す程、最初の全能力十倍というのが実は大当たりだったんじゃないかって思えてくる。

「手が疲れた……」

「わたしも、説明疲れました……」

いろんな色の玉、いろんな能力。

大分出したので、もう色だけで外れだとわかってきた。

ガラガラガラ、ポトッ。

ガラガラガラ、ポトッ。

ガラガラガラ、ポトッ。

「おっ！　虹色、これははじめてだよな！」

「えっ、何それ、そんなのこっちに入ってないはず……」

「えっ？　どういうこと？」

スタッフがビックリして、虹色の玉を手に取った。

そして、よりビックリした顔をする。

「お客さん！　これ、すごいですよ」

「すごいって？」

「全能力777倍です」

説明を聞いて、おれもビックリした。

虹色の玉が、ビックリするくらい輝《かがや》いて見えた。

「そのスキルでいいんですね」

「ああ」

おれは首を縦に振った。

数百回抽選器を回した結果、そしてその内容。

もう、これにする以外の選択肢《し》なんてあり得なかった。

「わかりました。それじゃあ、今から転移します。えっと、最後にもう一つだけ説明を」

「なに？」

「こっちの世界に戻りたいという時は強く念じればいつでも戻れます。ただし一度戻ったら二度とあっちには行けませんので、ご注意を」

「わかった」

「では」

スタッフが言うと、おれの足元から光の魔法陣が現れた。

さっきの男、一等賞を当てた男の時と同じ光景だ。

光がおれを包み、目の前が真っ白になった。

視界が戻ると、そこは見知らぬ野外だった。

木漏《こも》れ日が射《さ》し込むような森の中。

「えっと……ここはもう異世界なのか？」

おれはまわりを見た。いきなり野外にいることは確かにビックリしたけど、異世界か？　って言われると全然わからない。

昔遠足とかで行った、観光地のピクニックコースとまるで変わらないように見えるからだ。

「そうだ、そういえばスキル。全能力777倍だっけ」

何が上がってるんだろうと思った。全能力っていうくらいだから、全部上がってるはずなんだが。

とりあえず試すことにした。

しゃがんで、ぐぐぐ、って足に力をためてジャンプした。

「うわっ！」

思わず声が出た。軽くジャンプしたのに、まるで何かに打ち上げられたかの様に飛び上がったからだ。

頭のてっぺんが木にぶつかって、貫《つらぬ》いて、一気に飛び上がった。

地面が遠い、少なく見積もっても二十メートルは飛んでる。

「本当に力が——むっ」

遠くにある、あるものに気づいた。（後から実は視力もよくなってる事に気づく）

森の外に馬車が見えた。

馬車のまわりを騎士のような男達が守っていて、それがまったく違う格好《かっこう》をした集団に襲われてる。

守る側は三人いて、二人がもう倒れている。

地面に倒れていてわかりづらいけど、体の下から血が広がってるのが見える。

襲う側はざっと数えても十人以上はいる。

「襲われてるのか、くっ」

着地したおれは、襲撃されてる馬車がある方角へ駆《か》け出した。

足も速くなっている。風を切る感触は自転車を超える、バイクに乗って走った時くらい速いものだ。

森を一気に飛び出して、襲撃される馬車の所に駆けつけた。

「もう観念しろ、こんな所だ、誰も助けに来やしねえよ」

襲撃側の一人が言った。

はい決定。言い方も内容も、悪党丸出しの台詞《せりふ》だ。

おれはためらわず、助けることにした。

（って……どうすればいいんだ？）

いざやろうとして、気づく。

何をどうすればいいのかって。

能力は上がってるけど、それだけ。ぶっちゃけ子供の頃《ころ》野球をちょっとやってたけど、格闘技の経験はない。

人を攻撃するための方法なんてほとんど知らないんだ。

（ええい、とにかく当たって砕《くだ》けろだ！）

テレビの中で見た、ホームベースに突入する助っ人選手の姿を思い出して、悪投丸出しの台詞を言った男にタックルした。

「なんだおまえぇぇぇぇぇぇぇ」

男の声がドップラー効果のように聞こえた。

男はと言えば、そのまますっ飛んでいった。

ビックリするくらいのすっ飛び方だ。おれにタックルされたそいつはギャグ漫画の様にすっ飛んでいった。

ギャグ漫画じゃないのは、数十メートル吹っ飛ばされたそいつが着地して、数回バウンドして、ぴくりとも動かなくなったところ。

「な、なんだてめえは」

「貴殿は……一体」

襲撃側も襲撃される側もビックリしていた。

まあ、こんな風にいきなり出てこられたらビックリもするだろうな。

でもって、やっぱり助けてよかったたって思う。

襲ってる側はやっぱり口汚くて盗賊かなんかっぽいし、守ってる側は紋章付きの鎧《よろい》を着てて、喋《しゃべ》り方からして騎士とかそういう感じだ。

うん、これは助けて正解だ。

だからおれは盗賊らの方を向いた。

「な、なんだてめえは……」

怯《おび》える盗賊達を、とりあえず全員……ちょっと手加減した……タックルで吹っ飛ばした。

「助かりました」

騎士のリーダーらしき男が剣を納めて、おれに礼を言った。

「わたしの名はフォティス」

「あぁ……えっと、おれは結城《ゆうき》カケル。漢字だと難しいから、カケルでいい」

「漢字……ですか？」

「あ、ああ。いやなんでもない。普通にカケルでいい」

フォティスの反応で、この世界に漢字がないんだろうとわかった。

いきなり普通に会話できてたから普通に漢字って言っちゃったよ。

「そうですか。カケル殿のご助力、感謝いたします。あのままではどうなっていた事か」

フォティスがしみじみと言った。

今立っているのはおれとフォティスの二人だ。

おれが現れる前、フォティスの仲間っぽいのが既《すで》に二人倒されてて、敵は十人以上残ってた。

倒れた騎士は今起き上がって手当てされてるけど、今でもまともには戦えない様子。

あのままいけば、確かに「どうなっていた事か」だろうな。

「フォティス」

馬車の中から声がした。

綺麗《きれい》な、若い女性の声だ。

「はっ」

「幌《ほろ》を」

「御意」

フォティスが大げさに腰を折って、それから馬車の幌を上げた。

中から一人の女性が現れた。

「うわ……」

思わず声が出た。それくらい、出てきた女性が綺麗だったから。

純白のドレスを着て、輝《かがや》くティアラをつけている。

金色のロングヘアーと、ツンと尖《とが》った耳。

そして、気品あふれる振る舞い。

彼女はフォティスの手を借りて、馬車を降りて、おれの前に立った。

「わたくしの名はヘレネー・テレシア・メルクーリ。メルクーリ王国の第三王女です」

「あ、ああ……おれはカケル……ってさっきも言ったか」

あまりの美しさに動転してしまって、きっと馬車の中で聞いてたはずなのに、おれはもう一度名乗ってしまった。

「ありがとうございます、カケル様」

ヘレネー姫は真顔で礼を言った。

「いや、うんと、うん、た、大した事はしてないから」

おれはしどろもどろになった。

今まで見てきた女性の中で、ヘレネー姫は間違いなく一番綺麗だった。

おれは、ヘレネー姫に見とれた。

「本来なら王宮へカケル様をお招きして、厚くお礼を申し上げたいところなのですが。わたくしは前線へ慰問に赴《おもむ》く途中です」

「う、うん……」

「ですが、このお礼は必ずいたします」

ヘレネー姫はすぅっと手を出した。

手に持っているものを、おれに渡す。

受け取って、それを見た。

立派な紋章が描かれている扇子《せんす》だ。

手に持った途端、ぬくもりと、いい香りがしてきた。

「王宮へおいでになった際は是非お立ち寄り下さい」

「それを城兵に見せればわかるよう言っておきますので」

フォティスが補足説明した。

「あ、ああ……わかった」

おれが見とれて、まともな反応ができていないうちに、ヘレネー姫は再び馬車に乗って、フォティスと、なんとか動けるようになった騎士二人と一緒に立ち去った。

残されたおれはその後もしばしポケーとしていた。

「綺麗な人だったなあ……」

とつぶやくんだけど、過去形にするにはまだ早いと、彼女が完全にいなくなってから、ようやく動き始めた頭で理解したのだった。

2. 狩りと換金

街にやってきた。

ヘレネー姫と反対方向を道なりに行くと、たどりついたのがそこそこの街だった。

街をぐるりと石の壁が取り囲む、西洋風の街。

まるで何かと戦うためにあるような街壁だ。

街の入り口にやってくると、武装した兵士に呼び止められた。

兵士は二人いて、簡易的な鎧《よろい》と、長い槍《やり》を装備してる。

「止まれ！　どこから来た者だ」

「え？」

「答えろ」

兵士はおれに槍を突きつけてきた。

「えっと……どこから来たって言われても」

おれは迷った。日本って言ってもわからないだろうな。

「何故《なぜ》答えない」

「見慣れない珍妙な服を着おって」

「怪しいやつめ」

「えええええ」

それは流石《さすが》に言いがかりだろ。確かにおれは全身にユニク●の服を着てるけど、それにしたって珍妙はないだろ。

……ああでも、珍妙なのかな。

だって兵士はともかく、街の中にちらちらと見えてる住民の格好《かっこう》とはかけ離れてるもんな。

最初に会ったのがお姫様と騎士、それに襲撃者。

次に会ったのがこの兵士達だ。

だから着てる服が一般人と違うなんて気づきもしなかった。

さて、どうしようかな……。

「答えないか、ならば捕らえて――」

「待て、あれを見ろ」

兵士の一人がおれを捕まえようとしたけど、もう一人がそれを呼び止めた。

呼び止めた方はおれの腰の辺りを指している。

何事かと思って見ると、そこに、ヘレネー姫からもらった扇子《せんす》があった。ポケットに入れてあったので、上半分が出ていたのだ。

「ああ、これの事？」

おれは扇子を取り出して、開いて見せた。

あの、いかにも由緒《ゆいしょ》がありそうな紋章が見えた。

「それは王家の紋章！　しかも扇子、ということは……」

「ヘレネー殿下の持ち物⁉　いやしかし、殿下は滅多《めった》に御下賜《かし》なさらないはず。騎士侯様が戦功を立てたときにねだりはしたが、それでもついにはいただけなかったともっぱらの噂《うわさ》だ」

「だが……」

「いやでも……」

兵士二人はひそひそ話を始めてしまった。

二人が話してる事が本当なら、これはとんでもなくすごいものらしい。

おれは扇子をじっと見た。

渡された時の事、渡してくれた人の事を思い出す。

ヘレネー姫……。

「失礼」

「――っ。な、なんだ」

兵士の呼びかけにはっとして、慌《あわ》てて聞き返す。

「それが本物かどうかを試させてもらえないだろうか」

扇子のおかげか、兵士はさっきに比べてかなり腰が低くなった。

「本物であれば、王家の魔力が付与されているはずだ」

「えっと……どうすればいいんだ?」

「失礼」

兵士は手を扇子に向かってかざして、何かを唱えた。

すると、扇子から淡《あわ》い光と共に、紋章が立体になって浮かび上がった。

「し、失礼しました!」

「どうぞお通り下さい!」

どうやら今ので本物だと判別できたみたいだ。

兵士二人はますます恐縮しきった様子で、槍を立てて、直立不動の「気ヲツケ!」のポーズになった。

おれは入り口を通った。

騒ぎを見ていたのか、入り口近くにいた住民が野次馬化してて、遠巻きにおれを見ていた。

「あれがヘレネー殿下の」

「本物らしいわよ」

「って事は……あの人は殿下に近しい人」

「新しい貴族様かしら」

聴力も上がったから、野次馬達の声がはっきりと拾える。

なんか、すごくいい気分だ。

いい気分なのはいいけど、考えなきゃいけないこともある。

衣・食・住。

生活していく上での基本だ。

衣はとりあえず着てるものでどうにかなるとして（それでも近いうちに新調しないといけないけど）、食と住はかなり差し迫《せま》った問題だ。

それを解決するには——お金がいる。

つまり、金を稼《かせ》がなければならない。

それをどうするべきか、と考えていると。

「どいてどいて」

後ろから四人組の集団がおれを追い越していった。四人は馬車に乗ってて、荷台に巨大な獣を載せていた。

獣はぐったりしてて、動かない。生きてるのか死んでるのかもわからない状況だ。

その集団はある建物の前に止まって、馬車ごと中に乗り入れた。

しばらくして出てきて。

「よっしゃ、金が入ったし飲みに行こうぜ」

「久しぶりだからな、今夜はとことん飲むぜ」

と言って、どこかへ行ってしまった。

「今のを換金したのか？」

それが知りたくて、おれは建物に向かっていき、中に入った。

中にはさっきの馬車と獣があった。それを下ろすための力仕事してる男達と、指揮している男がいた。

おれは指揮している男に近づき、聞いた。

「ちょっといいか」

「ん、なんだ？　あんたも狩りの希望者か？」

「……それを狩ってくると買い取ってくれるのか？」

話が早そうだったので、おれはそれに乗っかることにした。

「ああ、この山ウシを狩ってくれば相応の金額で買い取るぞ」

「山ウシ……これは牛なのか？」

おれはその獣を見た。

確かに見た目は牛に見えなくもないが、長いたてがみと鋭い牙《きば》が見えて相当に凶暴そうだ。

ぶっちゃけ草食動物じゃなくて、肉食獣にしか見えない。

「あんた一人なのか？　悪いことは言わない、協力者がいないのならやめた方がいい。こいつは熟練者でも四、五人、未経験者なら十人くらいはいないと危険な相手だ」

「そうなのか」

「ああ。肉はべらぼうに美味《うま》いけど狩るのはかなり危ない。まあその分高く買い取ってるがな」

「……とりあえずどこに行けばこいつが見つかるのか教えてくれるか？」

おれはそう言って、場所を聞いた。

男は最後まで「ちゃんと協力者と一緒に行くんだぞ」と言ったけど、まあなんとかなるだろうと思った。

男からもらった地図を頼りに、街を出て、近くにある草原にやってきた。

近くに山が見える草原、この辺でその山ウシとやらが出るみたいだが……。

「おっ、あれか」

遠く離れた所にそれが見えた。

正確には、山ウシを狩ってる最中の集団が見えた。

集団は六人組で、三人が前衛で、三人が後衛という構成だ。

「先客がいたか……別のを探すか」

おれがそう思ってその場から離れて、別のターゲットを探そうとしたが。

「うわあああ！」

「ジョブ！　くそっ、よくもジョブを！」

「やめろ下手《へた》に突っ込むな！」

聞こえてきた声は、順調とはとても言えないような内容だった。

足を止めて、目を凝らす。

すると、一人、また一人と、山ウシに返り討ちにされてる光景が見えた。

やがて前衛が倒れ、山ウシがいきり立って後衛に向かう。

迫られている後衛は明らかに及び腰だ。

「ちっ」

舌打ちして、おれは飛び出した。

百メートルくらいある距離を一気に駆《か》け抜け、山ウシにタックルした。

山ウシはすっ飛んだ、が、立ち上がった。

流石に人間よりは頑丈《がんじょう》みたいだ。

おれは追撃した。更《さら》に踏み込んで山ウシの側頭部にパンチを叩き込む。

変哲《へんてつ》のないただのパンチ、だけど結構本気を出したパンチ。

山ウシは錐《きり》もみしてすっ飛んでいき、そのまま起き上がれなくなった。

山ウシを担《かつ》いで（意外と軽かった、多分腕力が上がったおかげ）街に戻り、さっきの店にそれを持ち込んだ。

「もしかして一人でやったのか？」

「ああ。楽勝だったぞ」

「大したもんだ。ああ、これを」

男は感嘆《かんたん》した後、慌てて布袋を取り出しておれに渡した。

袋の中には見た事のない銀貨が大量に入っている。袋ごとパッと取り出したものだから、これが多分相場なんだろう。

「なああんた、定期的にこいつを狩ってきてくれるか？　安定して持ち込んでくれるのなら、買い取り値を一割上乗せしてもいい」

なんだか結構いい条件を出された。

「安定ってどれくらいだ？」

「二日に一頭、できれば毎日」

「わかった、やってみる」

「頼んだぞ」

おれは頷《うなず》き、そこを離れた。

とりあえずわかりやすい仕事を見つけた。当座の金も手に入った。

「後は……」

空を見上げる。いつの間にか夕方になっていた。

まずは、今夜泊まる場所を探さないとな。

3. 屋敷購入

宿屋の部屋に入ったおれは、とりあえず金勘定《かんじょう》をする事にした。

備え付けのテーブルの上に布袋を置いて、ドバッと中の金を全部出した。

全部が同じもので、偉《えら》そうな王様の横顔が彫られた銀貨だ。

数えると、その数九十九枚。

宿に入った時に一枚取られたから、あの山ウシ一頭で丁度《ちょうど》百枚って事になる。

「それはそれでわかりやすいけど、これ一枚でどれくらいの価値なんだ?」

おれは銀貨を摘んでまじまじと見て、それから部屋の中を見回した。

変哲《へんてつ》のない、普通に寝泊まりできる程度の宿だ。

これが現代日本だったら一晩五千円から一万円の間ってところか。

つまり銀貨一枚でそれくらいで、山ウシ一頭で五十万から百万位の儲《もう》けって事になる。

「この計算が当たってる前提だけど……美味《おい》しいな。いや当たってなくても純粋に一頭分で宿に百日も泊まれるんだから、やっぱり普通に美味しいな」

おれは山ウシを狩った時の事を思い出す。

あの程度の労力でこんなに儲かるんならもっとやるべきだろう。

明日もう一度狩りに行ってみよう。

おれはそう思って、早々と眠りについた。

次の日、同じように街を出て、山ウシが生息する草原にやってきた。

出会った一頭目には先客がいた。どこかの傭兵《ようへい》か何かの集団か、全員が同じ鎧《よろい》と同じ武器を持って、山ウシをたこ殴りにしていた。

それをちょっと観察した……まあ昨日みたいに向こうがダメだったら出て行こうかって思いもあった。

だけど、そうはならなかった。

一時間くらいかけて、二人くらいの軽傷者を出したけど、その集団は山ウシを狩ることができた。

山ウシを運んで、街に戻る彼らの後ろ姿を見送る。

一頭百万だとして、一人頭十万。

これでも美味しい部類だけど、負傷する（軽傷だったけど一週間くらいは休養した方がいいってレベルだった）危険性も考えると――。

「普通は相応の稼《かせ》ぎ、って感じなんだな」

おれは草原をぶらついた。山ウシと遭遇《そうぐう》する様に祈りながらぶらついた。

三十分くらいして、ようやく出会った。
山ウシはおれを見るなり血走った目で、鼻息を荒くする。
そのまま、突進してくる。
「ふっ！」
おれは避けず、飛び込んできた山ウシに向かってパンチを叩《たた》き込んだ。
カウンターパンチ、眉間《みけん》にジャストミートして、山ウシは吹っ飛んだ。
地面に転がって、ビクン、ビクン。
何回かけいれんした後、動かなくなった。
「いっちょ上がり、っと」
山ウシを担《かつ》いで、街に戻って換金した。
そしてまた草原に戻ってきて、ぶらついた。
山ウシと遭遇、倒して、戻って、換金。
戻って、ぶらついて、山ウシを探す。
倒して換金、倒して換金。
それをひたすら繰り返そうとしたけど……この日は五頭しか狩れなかった。
ぶっちゃけ倒すよりも、探して歩き回るのと、運ぶ時間の方がずっと長い。
それを最後に、換金する店の人に言ったら。

「普通の奴《やつ》らは一日に一頭狩るだけだから、そんなぼやきを初めて聞いた」

と半分呆《あき》れ気味に言われた。

微妙に納得した。

怪我《けが》したりそもそも倒せなくて逃げ出したりする可能性があるんなら、遭遇までの時間と運ぶ時間なんて考えないもんな。

まあ、それもおれには関係ないことだ。

とりあえずこの日の稼ぎは銀貨五百五十枚だった。

店の人は約束通り一割上乗せで払ってくれたからこうなった。

これと昨日の稼ぎを合わせて、六百四十九枚。

最大限都合よく解釈して、六百四十九万相当の額だ。

「ここか」

夕方、メモを片手にその店にやってきた。

家を買いたい、ということを山ウシの店の人に言ったら、この店を紹介してくれたのだ。

扉を開けて、中に入る。

意外と清潔に保っている店の中に、出《で》っ腹《ぱら》の中年男がいた。

男はおれを見るなり立ち上がって、商売用の笑顔を作って出迎えた。

「ようこそサラマス商会へ。何かお手伝いできる事があるでしょうか」

「家を買いたい」

おれはストレートに切り出した。

「お任せ下さい。住むためのものでしょうか？　それとも商売用に使われるものでしょうか」

「住むためだ――」

瞬間、頭の中を現代日本の住宅事情がよぎった。

おれは要望に夢を乗せて、言った。

「広くて、庭が付いてるのがいい」

「左様でございますか。して、ご予算は」

「これ」

テーブルの上に銀貨がずっしり詰まった袋を置いた。

「銀貨六百五十枚だ」

一枚足りないけど。

「左様でございますか」

男の顔が曇《くも》った。

やっぱり少なかったんだろうか。いや、少ないんだろう。

六百五十万円相当って考えたけど、昨夜の計算じゃ、下手《へた》したらその半分くらいの価値って可能性もある。

そうなったら三百万円くらいだ。

その程度の金額で広くて庭付きの家を買いたいなんて――うん、おれが店の人なら「何言ってんだこいつは」ってなってる。

そう考えると男は表情をちょっと曇らせただけだったので、立派な商売人かもしれない。

「無理なのか？」

「広さにもよりますが、通常の一軒家は相場で銀貨二千枚程度となります」

「二千枚……二千万……そんなものかやっぱり」

「更《さら》にお客様が望む広くて庭付きの物件ですと……この街でなら倍近くはいたしますな」

「四千……」

山ウシ四十頭分か……、問題はないけど、時間はかかるし、何より一気に数が増えてちょっと萎《な》えてくる。

一日五頭狩っても一週間以上。いや遭遇率が悪かったら一ヶ月以上かかる可能性も出てくる。

それはだるい、かったるすぎる。

仕方ないから、ちょっと条件を緩《ゆる》めようかな、と思ったその時。

「失礼ですが、お客様は腕に自信がおありで？」

「腕？　力って事か？　まあ……それなりに。なんでそんな事を？」

「この袋――失礼」

男はおれが置いた袋をくるり、とテーブルの上で半回転させた。

そこに見覚えのあるマークがある。

「山ウシを扱っているアンドレウ商会の紋章。これを使うという事は、お客様は山ウシ狩りをなさっていると推測いたしました」

「なるほど」

おれはマークを見た。あの店——アンドレウ商会って言うのか——の看板にもあったマークだ。

男の推測は納得できたし、多分おれも今度からそういう目でこの袋と、それを持つ人間を観察する事になるだろうなと思った。

「であれば……おすすめはできませんが、一つだけ心当たりがございます」

「どういうの？」

「街の南東にある屋敷でございまして……この街の住人ならこれだけでピンとくるのですが。そこに誰《だれ》も住んでいない屋敷がございます。別名、幽霊屋敷」

男は苦い顔をして言った。

「幽霊屋敷」

「はい、かつては豪商が住んでいた屋敷でございますが、今は出るともっぱらの噂《うわさ》で、誰も住みたがらないのです。実際には何組かのお客様が入居しましたが……みな……」

「なるほど」

「屋敷そのものはこしらえが大変よくて、広さも申し分ありません。それさえなければ……通常ならば銀貨五千枚以上はする物件ですが」

「曰《いわ》く付きで、誰も住みたがらない、と」

「というより住めない、と言った方が正しいかと」

「幽霊屋敷か……」

おれは考えた。

心霊現象は怖くない方だ。ホラーとか見ても特に何も感じないタイプだ。

ぶっちゃけ事故物件で安く住める所とかでも全然平気。

心配なのは、本当に「出る」場合だ。

ここは現代日本じゃない。そして男の口ぶりだ。

もしかして、本当に出るかもしれない。

幽霊が出たら……倒せるんだろうか。

悩みながら、一応聞いてみた。

「ちなみに値段は?」

「けちが付きすぎてましてな、こちらとしても手放せるのなら……銀貨百枚で」

「買った!」

おれは即答した。

五千枚以上のものが百枚。

九十八%オフ！

安すぎて、買わない理由がどこにもない。

「本当によろしいのでしょうか」

「ああ。幽霊なんか出たらぶっ飛ばすから」

興奮して、そんな事も言ってみた。

「かしこまりました」

男は一瞬迷ったが、すぐに商人の顔になった。

こうして、おれは家を——屋敷を手に入れた。

幽霊が出たらぶっ飛ばしてやる、そんな気持ちと共に。

4．メイドさん発注

夜、おれは一人で屋敷に来た。

普通はこういう時不動産屋が案内してくれるものだろうと思ったけど、サラマス商会の店主は、

「雑事は全《すべ》てお任せあれ」

と言って、一緒に来なかった。

何があるんだ？　って聞くと、契約書の作成とか、役所に登録とか、足りない家具の手配とか、そういう事を、微妙な早口でまくし立てた。

そういうのは後でいいんじゃない？　って言うと今度は、

「少しでも早く快適に過ごせるようにして頂くのが我々のモットーですから」

とそれっぽい事を言った。

まあ、早い話が逃げたんだ。よほどこの屋敷の事が怖いんだろうな、と思った。

もらった鍵《かぎ》を使って、敷地を隔《へだ》てる柵を通って、屋敷のドアを開けて中に入った。

ランプを持って、部屋を一つずつ確認していく。

居間や応接間、寝室など様々な部屋が二十を超える大きな屋敷だった。

生活感はないけど、家具は一通り揃《そろ》っている。

「やっぱり逃げたんだ」

おかしさが込み上げてきた。少なくとも家具の手配はほとんど必要のない状況で、これだけ揃っているのを、あの商売人が把握してないはずがない。

クスクスと笑いながら、じゅうたんが敷き詰められた階段を上って二階に上がる。バルコニーがあったので、外に出てみた。

街の外れにあるだけに、そこからは夜の街が一望できた。

街の中心にまばらについている灯火《ともしび》、それはそれは綺麗《きれい》で、同時に、今立っている場所のランクの高さを実感させられる。

元が高い物件だけあって、こういう景色も計算に入れてあったんだろう。

気分がよかった。

この夜、おれはたっぷりと夜景を見た後、一番立派な寝室で休んだ。

ベッドが広すぎたせいか、ちょっと寝苦しかったけど、そんなに気にはならなかった。

次の日、山ウシを一頭狩ってノルマを達成させると、おれは街中をぶらついた。

もっと稼《かせ》げるけど、せっかく屋敷を手に入れたんだから、色々と充実させたい。

家具もちょこちょこ取り替えたいものもあるし、実際に日常で使うものも揃えたい。

例えば寝苦しかったから、枕《まくら》と布団《ふとん》は変えたい。

そういうのは色々あるけど、それよりも何よりも大事なものがある。

「メイドを雇いたい」

サラマス商会に来て、心配そうな顔をする店主にそう言った。

「メイド、でございますか」

「うん、メイド。あんな屋敷を一人で維持するのは不可能だ」

「なるほど、そういうことでしたか」

「……幽霊屋敷の事、そんなに怖いのか？」

「そんな事はありませんとも」

サラマスはちょっと慌《あわ》てて、それから咳払《せきばら》いして、言った。

「当商会で都合して差し上げましょう。考えてみればそうですな、あれほどの屋敷に住まわれる方が、メイドの一人もいなくては格好《かっこう》がつかないというものでしょう」

「それも取り扱ってるのか？」

「無論でございます」

サラマスはちょっと自慢げに言った。

さっきの様子との落差でちょっとおかしかったので、からかう事にした。

「幽霊屋敷に来てくれるメイドなんているのか？」

「それに関してはご心配頂くに及びません」

サラマスは真顔で言った。期待してた反応じゃなかった。おれは「お？」ってなった。

「どのような家でも……例えば殺人鬼の家だろうと、給金さえ頂ければ仕事に参上する者がございます」

「へえ、なるほどね。じゃあまあ大丈夫って事か」

「左様でございます。して、どのようなメイドをご所望なのでしょう」

「どのようなって……そうだな」

おれは考えた。

屋敷を手に入れたらメイド！　っていうのだけ決めてサラマス商会に来たけど、どんなメイドがいいのかなんてまったく考えてなかった。

メイドって言えば、やっぱりできるメイドと、できないメイドだよな。

……。

ロングスカートで仕事をきっちりこなす鉄面皮《てつめんぴ》メイド。

ミニスカートで失敗ばっかりして感情が忙しいドジッ娘《こ》メイド。

どっちがいいんだろうな。

「……仕事がちゃんとできるメイド、かな」

「なるほど。将来的にメイド長も担える人材が適任ですな」

「メイド長か、うん、そういう感じだ」

想像して、ちょっとワクワクした。

メイド達を指揮するメイド長。

そのメイド長を使うおれ。

すっごいワクワクする。

「では、そういう方向で探しましょう。最後に」

「うん」

「奴隷《どれい》メイドと、出自が普通のメイド。どちらがよろしいでしょう」

「奴隷で」

おれは即答した。

そこは当たり前で、譲《ゆず》れないところだ。

「まさか奴隷が普通にいるとは……いやでもそういうもんか」

昼間の街中をぶらつきながら、サラマスの最後の質問を反芻《はんすう》した。

あの後、おれは店を出た。流石《さすが》に人間はすぐには用意できないって事で、探しておくから明日また来てくれ、っていう事になった。

これでメイドの話はなんとかなった。

さて次は何をしようかって考えた時、腹の虫がなった。

おれは適当に近くの店に入った。

街角にある食堂の様な場所で、そこそこ繁盛している店だ。

「いらっしゃいませ、プロス亭へようこそ」

出迎えたのはズキンとエプロンの格好をした若い女の人だ。

この店のウェイトレス、いや看板娘なんだろう。

「何にいたしますか？」

「あー、えっと」

おれは店の中を見た。

メニューがあったけど、見てもちんぷんかんぷんだった。

「よくわからないけど、おすすめみたいなのはある？」

「お客さん、旅の人ですか？」

「似たようなもんかな？　ここに来たばかりで、しばらくここに住もうかなって考えてる」

「そうだったんですね。じゃあ山ウシの焼きめしなんてどうですか？　この街の名産山ウシとご飯を香ばしく焼いた、うちの人気メニューなんです」

「じゃあそれで」

おれは即答した。

そういえば山ウシ狩りで大分稼いだけど、肝心《かんじん》のそれは一度も食べた事がないと気づいた。

「はい、山ウシの焼きめし」

「あっ、大盛りで」

「はい、大盛りで」

女の人は明るい笑顔を残して、店の奥に戻っていった。

ちょっとして、皿いっぱいに盛った焼きめしを持って戻ってきた。

「お待たせしました」

「おお、すっごい美味《おい》しそう。あっ、そういえば値段は？」

「銅貨十枚です」

「えっと、これだと？」

銅貨なんてものは持ってないから、銀貨を一枚取り出して、テーブルの上に置く。

すると女の人が困った顔をした。

「銀貨ですか、うーんと」

「足りなかったですか？」

「いえいえ。逆です。足りますけど、こっちのおつりが足りるかなあ、って」

「おつりが足りるかな？　ああ」

小銭が足りないって意味なんだろう。コンビニとかに行くとたまにそういう事があるよな。

「えっと、じゃあこれの余った分で、他にも色々おすすめ持ってきて」

「いいんですか？」

「美味しいものを」

そう言うと、女の人がまた明るく笑って、銀貨を取って、また店の奥に戻っていった。

おれは焼きめしを食べた。

「おお！　うめえ！」

おすすめだけあって、それはすごく美味しかった。

なんだか懐《なつ》かしい味で、食堂、いや家庭的な味だ。

かと思えば使ってる山ウシの肉はすごくやわらかくジューシーで、嚙《か》んだ瞬間、飛び出した肉汁が一気に口の中を旨《うま》みで埋め尽くした。

おれはがつがつ食った。すごく美味《うま》くて、大盛りの焼きめしをアッという間に平らげた。

普段より多めの量だけど、全然足りてない。

それで一息ついて、さて次はなんのおすすめが来るんだろう、こんなに美味いんなら山ウシの何かを単品で頼もう。

そんな事を思っていた時だった。

「これ以上この街で銅貨を集めるのは危険だぜ」

強化された聴覚が捉えた不審な言葉。

さっきのおつりの話と合わせて、おれはそっちに意識を取られた。

5. 陰謀を追う

「そろそろ、この街で銅貨を集めるのは危険になってきたな」

「そうだな、だいぶ少なくなってきたし、これ以上は目をつけられて危険になる」

「いまある分を運び出そう。手配しておけ」

「わかった」

男の声で、会話してるのは二人みたいだ。

「お客さん？」

「うわ！」

目の前にヒラヒラと振った手が見えた。いきなりの事で、おれはビックリした。

「どうしたんですかお客さん、ドアを食い入るように見つめて」

「ああ、いや」

おれは言葉を濁《にご》した。

聞こえてきた声はドアの向こう、店の外からだ。

「ごめん、ちょっと急用を思い出した」

「えっ？　でも料理がまだ——」

「また来ます」

おれはそう言って、店を飛び出した。

そして、耳を澄《す》ます。

雑踏の中から、さっきの声を拾う。

音楽を聴いてる時、いろんな音の中から——例えばドラムの音だけに集中してそれを拾う感覚だ。

「ったく、儲《もう》かるのはいいけどよ、運ぶ手間がなあ」

さっき聞いた声を捉えた。

おれはそれを追いかけた。

さっきの二人がまた一緒にいて、おしゃべりをしている。

だからおれはそれを追いかけた。声を頼りに追いかけた。

いくつかの路地を曲がって、人気のない所に入る。

いきなり声が小さくなった。

「どこかに入ったのか？」

おれは辺りを見回した。

路地の裏、様々な建物がある。

おれは中に入れそうな――ドアがある建物の前に立って、その度に耳を澄ませた。

そして、五つ目のドアで再びさっきの男達の声が聞こえてきた。

「これで全部だな、よし、今夜にも運び出してしまうぞ。別の街にいる連中と合流して、溶解炉の所に送るんだ」

「なあ、これでどれくらい儲かるんだ？」

「今の銅の相場だと……溶《と》かして売ったらざっと倍にはなるな」

「うへえ、前より上がってるじゃねえか。ってこたあこれ、倍の金額になるって事だよな」

「そういうこった」

「うっはあ」

男達の言葉。最初に聞いた時に感じた通り、ヤバイ内容だった。

「銅貨を……金《かね》を溶かして原材料にして売り払う？」

国が作ってる金を許可なく溶かすなんて、どこの国でも禁止してる重大な犯罪だ。

このまま踏み込もうと思ったけど、話を聞いてると取引相手もいるし、協力相手もいる。

ここで踏み込んでもトカゲのしっぽ切りになるのは間違いない。

「……」

おれは場所をしっかり覚えて、その場から離れた。

「ここが役所か」

街の人に聞いて、やってきたのはこの街の役所。

警察の様なもの、犯罪者を取り締まるところって聞いたらここを教えてもらったのだ。

「待て！　何者だ」

はじめてこの街に来た時と同じように、武装した門番がおれを止めた。

まあ当然の反応だが、こっちも用意はしている。

おれはヘレネー姫からもらった扇子《せんす》を取り出して、門番に見せた。

「姫様の使いだ。ここの責任者に会わせろ」

「姫様……？　むっ、それは王家の紋章……しかも本物」

門番は魔法（のようなもの？）で扇子の真偽を確認した。

途端に、態度が別人の様に変わった。

「少々お待ち下さい、すぐに知らせてきます」

「ああ」

門番が中に駆《か》け込んだ。

おれはしばしそこで待った。

十分くらいして、門番が出てきた。

「お待たせしました。アルモッソ様が中でお待ちです。どうぞ」

門番に通され、中に入った。

そのまま先導についていき、執務室のような所にやってきた。

部屋の中に中年の、身なりのいい男がいた。

男はおれを見るなり立ち上がり、真剣な顔で名乗ってきた。

「ケフカ・アルモッソと申します」

「結城《ゆうき》カケルです」

「聞き慣れない名前ですが、どのようにお呼びすれば」

「結城かカケル、どっちでも構わない」

「ではカケル様。姫殿下の使いだということですが」

「ああ、これが証拠だ」

騙《かた》り、二回目。嘘《うそ》なのでちょっと後ろめたかったけど、我慢して扇子を見せた。

「これは……確かにヘレネー・テレシア・メルクーリ殿下の持ち物。失礼いたしました。疑うつもりではありませんが、門番から『見慣れない服装の男』と言われたので、念のためにと」

「それはいい」

ある程度疑われるのは覚悟の上だ。だからこそヘレネー姫のものを持ち出したんだ。

「それよりも大事な話がある」

「どのような話でしょう」

「この街で銅貨を集めて、それを溶かして売ってる連中がいる」

「……それは、冗談ではすまされない話ですぞ」

アルモッソの顔色が激変した。

事の大きさを思えば当たり前の反応だ。

「冗談なんかじゃない」

おれは聞いてきた話、見てきた事を話した。

食堂で小銭が足りない事と、男達が話していた言葉を。

そっくりそのまま、アルモッソに伝えた。

「銅貨の減少は報告を受けています。行商人の行き来が活発な街なので、商売のついでに持ち出されたものだとばかり思っていましたが……」

「実際そういう事が起きてる。なんとかしないとまずいんじゃないのか」

「そうですな。ところでこの事を姫殿下はご存じで？」

「……いや、知らない」

おれはそう言った。ヘレネー姫……王族がこういう時どういう風に反応するのかわからないからだ。

「姫様に言われて、銅貨の事を探ってただけだ」

と、当たり障《さわ》りのない、バレにくい嘘をつく。

「そうでしたか。いえ、ともかくまずはなんとかしましょう、どのみち貨幣の毀損《きそん》は重罪、捕らえてから判断を仰《あお》げばいいでしょう」

「そうだな」

「兵を呼びます」

アルモッソはパンパン、と手を叩《たた》いた。

すぐにドタドタドタと足音がして、武装した兵士が三人入ってきた。

三人か、少ないけど、まあいないよりはマシだろ。

何せなんとかしないといけない相手が複数いて、おれ一人じゃ物理的に……文字通り手が回らないからだ。

そう思っていたところに。

「その男を捕らえなさい」

「はっ」

「えっ？」

いきなりの事で、状況についていけなくて驚いていると、兵士の一人がおれを押さえつけ、後ろから手錠をかけてきた。

「お前っ……」

「申し訳ありませんな、そういう事なのですよ」

「お前もグルだったのか！」

「その通りです」

「なんでそんな事をする！」

押さえつけられたまま、アルモッソに聞く。

「儲かるからですよ。元々我々の様な街を統治する官吏《かんり》にはある程度の鋳造権《ちゅうぞう》が与えられているんですよ。破損した貨幣を回収・両替して、ちゃんとした貨幣に鋳造し直す。この手数料は自由に決められるのでかなり美味《おい》しいのですが――」

アルモッソはにやりと笑った。

おぞましい笑顔だった。

「――やはり銅のまま売った方がもっと美味しいのでね。裏の人間と組んで一山当てようとしていたのですが、まさかヘレネー殿下に目をつけられるなんて」

「……」

「しかし、どうやら風はまだわたしに吹いているようだ。聞けば殿下はまだこの話をご存じない。つまりここであなたを始末し、回収した銅貨を新しく銅貨に鋳造し直せば、まだまだ誤魔化せるということです」

「……」

「ですので、あなたには悪いですが……ここで消えてもらいますよ。恨《うら》むなら自分の無鉄砲さを恨むのですね」

「恨むつもりはない」

おれは言った。

自分でもちょっとビックリするくらいの、冷たい声だった。

アルモッソが驚く。何を言い出すんだ、という顔で。

「どういう意味なのです？」

「こういう意味、だ」

おれは立ち上がった。

後ろから押さえつけられているけど、普通に立ち上がった。

「ふん！」

力を入れて、手錠を引きちぎった。

鉄製のものだったけど、難なく引きちぎった。

アルモッソが目を丸くする。信じられない様な顔をする。

その顔がまた、むかついた。

「どうやら、まずはお前からとっ捕まえた方がいいらしいな」

おれは宣言する様に言った。

お仕置き開始だ。

6．二人目の姫

「そいつを捕まえろ！」

呆《ほう》けてる兵士達にアルモッソが命令する。我に返った三人が一斉に襲いかかってきた。

槍《やり》の先端を摑《つか》んで、ベキッ、とへし折った。

全員を思いっきり殴った。ただのパンチで。

兵士達は吹っ飛び、壁に突っ込んで気絶する。

「なっ——だれか！　誰《だれ》かいないか！」

アルモッソが大声で外に向かって叫んだ。

声がかなり切羽《せっぱ》詰まってる。

ドタドタドタ、乱暴な足音が近づき、更《さら》に三人やってきた。

「そいつは侵入——いや暗殺者だ。今すぐ殺せ！」

「はっ！」

兵士達が命令に従って、襲いかかってきた。

こいつらは命令に従ってるだけなので、手加減して殴って、気絶させるだけにした。

それからも増援が二回来たけど、全員倒した。

「さて、もうないな。じゃあお前だ」

「くっ——喰《く》らえ！」

アルモッソは杖《つえ》のようなものを取り出し、おれに向かって突き出した。

瞬間、炎が吹き出し、おれの体を包み込む。

熱い。

熱かったけど、耐えられない程じゃない。

炎はすぐに消えた。服は大分焼けたけど、体は（髪も）特になんともない。

「なっ——ま、魔法が効かないだと⁉」

「熱さの耐性も777倍なのか？　まあ、それは今どうでもいいか」

おれはアルモッソを睨《にら》む。

一歩踏み込んで、横っ面にパンチを叩《たた》き込んだ。

錐《きり》もみして、床にバウンドして、そのままぐったりとなった。

息はあるみたいで、気絶しているようだ。

「さて、どうするか」

おれは少し考えて、辺りを見回した。

兵士の一人が起き上がるのが見えた。そいつは体を起こして、床に座ったまま後ずさろうとしている。

「おい、お前」

「ひっ！　こ、殺さないで！」

「……今から言う事を素直に聞けば殺さないでおいてやる」

誤解を解くのが面倒だったから、話にそのまま乗ることにした。

戦闘後の部屋の中、散乱してるものの中からペンを取って、兵士に放り投げた。

「今から言う事を書け」

「な、何を……それにどこに……」

「ちょっと待て」

おれを拘束しようとしたロープ（手錠はひしゃげてもう使えない）を使って、アルモッソを縛り上げた。

そしてそいつの服を破いて、上半身を裸にする。

「ここにこう書け。わたしが銅貨不足の犯人です。銅貨を溶《と》かして銅を売り払ってました」

「えっ？　そ、それは」

「いいから書け――殺すぞ！」

ちょっと脅しをかけると、兵士は言われた通り、アルモッソの上半身に、おれが言った通りの文字を書き込んだ。

アルモッソを縛り上げた後、そいつを担《かつ》いだまま敵のアジトを強襲した。

人相の悪い男が五人いて、最初は何事かとわめいていたけど、おれが担いでるのがアルモッソだと気づいた途端全《すべ》てを理解したのか、武器を持って襲いかかってきた。

そいつらも全員倒した。

倒して、一緒に縛り上げた。

アルモッソ、そして共犯の五人を引っ張って、街の中心にある広場に連れて行った。

そこに、そいつらをはりつけのようにする。

最後に仕上げとして持ってきたペンで、ヘレネー姫の紋章を書こうとしたが。

「ああ！　複雑すぎる！」

由緒《ゆいしょ》ありそうな紋章は難しかった。一発で書けなかったから、それをごしごし消して、代わりに「777」と書き込んだ。

そうしているうちに野次馬が集まる。

「わたしが銅貨不足の犯人です……？　銅を⁉」

「そんな、アルモッソ様が？」

「いやあいつならやるぞ！　アルモッソになってから、再鋳造《ちゅうぞう》の手数料がメチャクチャ上がったんだ。あいつはとんでもない守銭奴だよ」

「しかし、金《かね》を溶かすなんて、死刑しかない重罪だぞ」

「ああいう人間は後先考えず、儲《もう》ける事しか頭にないんだ」

がやがやと、野次馬達が言い合っている。

人が徐々に集まってきて、騒ぎも大きくなる。

話してる事を意識して耳で拾ってみると、最初から不満がたまってたのか、「あいつならやる』『いつかやると思った」という声が大きかった。

「あいつ知ってる！　銀貨で銅貨を両替してた男だ」

「おれはこっちの男と両替した。再鋳造に持っていく途中で。手数料に比べて安かったから両替したけど……」

こういう声も聞こえた。

それらが重なって、アルモッソの罪状が確定的なものになっていく。

次の日、おれは役所に呼び出された。

そこで待っていたのはすごく高そうな、騎士のものよりも高そうな鎧《よろい》をつけた女だ。

女の他に騎士が何人かいて、その一人が言った。

「イリス・テレシア・メルクーリ殿下の御前であるぞ、頭が高――」

「いい」

イリスが手を伸ばして、騎士を止めた。

「こんなところで威光を振りかざしても仕方がない。それよりも話を聞きたい」

「えっと……おれも一つ。あなたはヘレネー姫の……？」

「妹のイリスだ」

「やっぱり！」

おれはそう思った。

名前もほとんど同じだし、何よりもすごく似てる。

ヘレネー姫がお淑《しと》やかで、こっちは凜々《りり》しく気高い。

まるで正反対の二人だけど、眉間《みけん》とか口元とか、パッと見ても姉妹だってわかるくらい似ている。

「お前は？」

「えと、結城《ゆうき》カケルです」

「カケルか。いくつか聞きたいことがある。まずはそれだ」

イリス姫はおれの腰の辺りを指さした。そこにヘレネー姫からもらった扇子《せんす》がある。

「あ、そう。ヘレネー姫からもらったんだ」

それを取り出し、イリス姫に見せる。

イリスは受け取って、まじまじと見た。

「確かに姉上の持ち物だ、しかも姉上から渡したもの」

「え？　そんな事がわかるのか？」

「王族の紋章は手元を離れても維持させるために特殊な魔法を使う必要がある。奪ってきたものならそれは半日で消える」

「はあ、そういうのがあったんだ」

「すまない、お前が偽物だという可能性もあったから、まずはこれを聞きたかったのだ」

「……えっと、実はそれ、ちょっと違うんです」

「なんだと？」

眉《まゆ》をひそめるイリス姫。おれは全部説明した。

ヘレネー姫を助けた事、扇子をもらった事。

偶然犯罪の現場に立ち会って、なんとかしたくてヘレネー姫の部下だと語った事。

それを全て話した。

「なるほど、そういう事だったのか。これでまた一つ謎《なぞ》が解けた。軍事にかかりっきりの姉上が何故貨幣の事に介入したのかがずっと疑問だったのだ」

「すいません」

おれはなんとなく謝った。

「よい、大事の前の小事だ。それに、ふふ」

イリスは笑った。

会った時からずっと厳しい顔をしていたけど、はじめて笑った。

笑顔はすごく綺麗《きれい》で、見とれてしまいそうだ。

「勝手に使ったのは事実だが、私利私欲のためではない。間接的に姉上の人を見る目を証明してくれた結果になった」

「あ、うん」

「しかし、はあ……」

「どうしたんですか?」

「いやな、ここ最近似たような事が起きているのだ。硬貨を溶かして原材料として売って、それで儲けようとする輩《やから》が後を絶たなくてな。見つけ次第極刑《きょっけい》にしているのだが、なかなか収まらない」

「他に対処とかしてないんですか?」

「もちろんしているさ。銅の比率を下げたりな。しかしそれをやると国力の低下が疑われ、国の威信にかかわる」

「なるほど。難しいんだ」

なんだかものすごく難しそうな問題だった。

777倍の力じゃどうにもならなそうな問題。

(また見つけたらつぶすか)

それしかないと、おれは扇子をポケットに戻した。

瞬間、頭の中に光が走った。

ある事を——ひらめいた。

「イリス姫」

「なんだ？」

「もしかしたら……なんとかなる方法があるかも知れないんだけど」

「ほう、聞かせてもらおうか」

イリス姫は大して期待してないと、そんなものなんてあるわけないと言わんばかりの顔をした。

上手《うま》くいけば、この顔が喜びに反転するかも知れない。

おれはそれを期待して、ひらめいた事を話す。

7. チート紙幣

おれは部屋の中を見回して、紙とペンと取った。

紙を長方形のなじんのサイズに裂いて、そこに「一〇〇〇」と書き込んで、イリス姫に渡す。

「これは？」

「ここに、この扇子《せんす》にあるような紋章をつける事はできない？　魔法で」

「……どういう意味だ？」

「つまりこれが王族が発行したものだって示すんだ。で、これを新しい貨幣として使う」

要は紙幣だ、とおれは言った。

「……？」

「紋章は王族だけがつけられる、意識してつけたら手放した後もずっと残る」

「うむ」

「つまり、これは誰《だれ》にも偽造できない、壊す価値のない貨幣になる」

「なるほど」

「不敬だぞ！　貴様！」

壁際にずらっと並んでる騎士の一人、おれが部屋に入った時イリス姫を紹介した騎士が怒鳴った。

「その紋章、王家の証《あかし》が付いたものは御下賜《かし》品として使われる。建国以来ずっとそうして、権威を維持してきたものだぞ！　それを貨幣などと……国中にばらまいていいはずがない！　貴様もヘレネー殿下から頂戴《ちょうだい》しているのなら、その重さはわかっているだろうに！」

扇子の事だ。

確かにヘレネー姫からもらったのは嬉《うれ》しいけど、別に紋章とか関係ないんだよなあ。

騎士の男を見た。

頭が堅くて、生真面目《きまじめ》そうな男だ。

怒ってるけど、悪気があるわけじゃない、頑固なだけなんだ。

……それが余計に面倒臭《くさ》いんだけどな。

おれは説得する方法を考えたが。

「よい」

イリス姫が先に口を開いた。

「殿下？」

「カケルよ、いいことを教えてくれた。うむ、なぜ今までその発想がなかったのか」

「殿下、まさか本当に？　なりませんぞ、それは王族の権威の失墜《しっつい》に――」

「国は安定する」

イリスはきっぱりと言い放った。

「偽造が不可能な貨幣だ、そのメリットが理解できないわけではないだろう?」

「し、しかし」

「貨幣が安定する。余った銀や銅を資源として使える。それに」

イリスは笑った。

期待したものとは違うけど、興奮した笑顔。

これはこれで綺麗《きれい》だ。

「商売がやりやすくなる。この紙一枚で銅貨千枚と同価値なのだ。特に行商人は重宝するだろうな。今までは重たい貨幣を担《かつ》いだり、商会程度の保証しかない手形を使ってたのだからな。これを使えば信用は国が持つ、もっと安心して商いができるというものだ」

「……」

騎士は黙り込んだ。

生真面目なだけで、バカじゃない。

イリス姫が今話した事のメリットがいかに大きいのかすぐにわかったのだ。

しかし、これは反則もいいところだ。

現実世界じゃ紙幣はどこの国も偽造と戦ってる、そのための偽造防止技術を詰め込んでる。

その技術が高いほど、紙幣……金《かね》は安定した価値を持つ。

「その魔法は王族しか？」

「ああ、直系のものにしかな」

「なら、偽造はまず不可能ってことだ」

「まずではない、完全に不可能だ」

イリス姫が言い切る。やっぱり反則すぎる。

偽造不可能な紙幣なんて、チートもいいところだ。

それに比べると、おれのアイデア……現実世界に生きてたから出てきたアイデアなんてどうでもいい事のように思えてきた。

そんな風に思っていると。

「ありがとう、カケル」

イリス姫が言った。そして……微笑《ほほえ》んだ。

「――っ！」

それは、期待していた通りの笑顔。

「ふっ……」とか「はっ」とかじゃない。

柔《やわ》らかい、魂《たましい》を奪われそうな笑顔。

「よく教えてくれた。この礼はかならずする」

かならず。

イリス姫は微笑んだまま、その言葉を重ねて言ったのだった。

☆

自宅の屋敷。

おれはリビングでボーとしていた。

ソファーに座って、イリス姫の笑顔を思い出す。

思い出して、反芻《はんすう》して、うっとりする。

すごく、いい気分だった。

それを反芻していると、カカカ、カカカ、って音がした。

玄関ドアの、ドアノッカーの音だ。

「ごめん下さいー、どなたかいらっしゃいませんかー」

ドアノッカーの音と一緒に、少年の声も聞こえてきた。

ドアの向こうで声を張り上げてるけど、かなり小さかった。下手《へた》すれば聞き逃してしまうくらいの。

おれは立ち上がって、玄関に向かった。ドアを開けると、そこに質素な格好《かっこう》をした少年が立っていた。

「ユウキ・カケル様ですか」

「ああ」

「旦那様から伝言です。メイドの目星がつきましたので、いつでも店に来て下さいって」

「旦那様？　メイド……ああサラマスさんか」

「はい！」

「わかった。ありがとう」

サラマス商会に入ると、相変わらず下っ腹がよく出ているサラマスがおれを出迎えた。

「ようこそ、いらして下さいました」

格好は変わらないけど、なんだろう、いつにもまして機嫌がいい？

すごく笑顔で、ちょっとドンびくくらいの笑顔だ。

「何かいい事があったの？」

「いえいえ。それよりも噂《うわさ》を聞きましたぞ、さっそく事件を解決なさったとか。いやあ、銅貨の欠乏は我々も困っていたところなのですよ」

「ああ、その事か」

「ヘレネー殿下の扇子をお持ちだったので何か重要な使命を持っているとは予測しておりましたが、いやはや、こんなに早く噂になるとは予想外でした。流石《さすが》ユウキ様といったところでしょうな」

サラマスはこれでもか、っていうくらいおだててきた。

気分がいいけど、ちょっと気持ち悪かった。

「それよりも、メイドが見つかったって」

「ええ、目星がつきました」

「目星？」

「仕事ができる奴隷《どれい》メイドをお望みとの事でしたが、それ以上のご要望がわかりませんでしたので、三人ほどピックアップしました」

「三人」

「いずれも仕事ができる、奴隷身分の者ばかりです。後はお選び頂くだけでございます」

「そっか」

三人の中から選べ、って事か。

確かにそれも悪くない、誰か一人って押しつけられるよりも、選択肢《し》があった方が自分が選んだって気がする。

「では、一人ずつ部屋に入らせます」

「ああ」

頷《うなず》くと、サラマスは手を叩《たた》いた。

ドアが早速開いて、一人目が入ってきた。

二十代後半くらいの美人だった。おっとりしてて、いわゆる癒《い》やし系だ。

前の所ではメイド長をやってたけど、代替わりしたからやめさせられたらしい。

いい人だ、仕事もきちんとできそう。

二人目はちょっと若い、二十歳くらいの女の人だ。こっちは可愛《かわい》い系で、話してて楽しそうなフレンドリーな女の子だ。

働いた経験はないと言うけど、料理はすごく得意で、家事もちゃんと習ったから一通りできるらしい。

こっちも悪くない。

そして、三人目。

ドアを開いて、入ってきた途端。

「この子！」

おれはパッと立ち上がった。

「ユウキ様？」

「この子がいい！　この子にする」

見た瞬間、この子しかないってなった。

可愛くて、綺麗で。

何より。

「獣人ですが……よろしいんですか?」

それが決め手だった。

8. もふもふ

「出しておいてこんな事を言うのもなんですが」

サラマスが言う。

「本当によろしいのですか。その――」

「いい！　この子がいい！」

おれははっきり言い放った。

「いくらだ？　必要手続きは？？　いつからうちに来てくれるんだ？？？」

「はあ、いえ、ユウキ様がこれでいいとおっしゃるのであればそれで」

サラマスは咳払《せきばら》いして、表情を作り直した。

「この瞬間より、ユウキ様の持ち物となります。どうぞお連れ帰り下さい。委細《いさい》、こちらで処理いたします。請求書は後日お届けしますので、支払いはご都合のいい時に」

「そうか！　ありがとう！」

おれは大喜びで、彼女を連れて帰った。

後になって知ったことだけど、この時のサラマスはかなりおれに便宜《べんぎ》を図ってくれていた。

恩を売ろうとしたんだ。姫と繋《つな》がってるおれに。

だけど、この時のおれはすっかり舞い上がっていて、それに気づくことはなかった。

☆

自宅に戻って、リビングに入るおれと獣人の女の子。

改めて彼女を見る。

まず可愛《かわい》い、ものすごく可愛い。アイドルをやってたら共演者を次から次へと公開処刑してしまうくらい可愛い。

可愛いのはもちろんだけど、何よりその頭と尻《しり》についてるものがイイ。

耳と、しっぽ。

ふかふかの耳としっぽ。

もふもふしたい、もふもふもふもふしたい。

もふもふもふもふもふも――。

「あ、あの……」

「はっ！　雪の日の空き地に飛んでた！」

女の子に声を掛けられて、おれはぎりぎりのところで戻ってきた。

改めて、彼女を見る。

女の子はちょっと怯《おび》えた感じでおれを見ている。

これはヤバイ、もしかしたら怖がらせてしまったかも知れない。

微笑《ほほえ》みを作って、彼女に言う。

「まずは自己紹介からしよう。おれは結城《ゆうき》カケル、お前は」

「ミウ・ミ・ミューっていいます」

「ミウか、うん、いい名前だ。おれはミウって呼ぶ、お前はご主人様って呼べ」

「わ、わかりました」

おずおず頷《うなず》くミウ。

「それでご主人様。わたしは何をすればいいんですか」

「うん？　何をすればってのは？」

「お仕事……」

やっぱりちょっと怯えた感じで、おれの機嫌を伺《うかが》うように聞いてきた。

「うん、そうだな……」

おれは考えた。

メイドさんにやってもらいたい事は色々ある、昔から夢だったことが、いくつか。

耳かきとかマッサージとか美味《おい》しくなーれ☆とか。

色々ある、色々あったけど——それがまとめて吹っ飛んだ。

「もふもふだ」

「も、もふもふですか⁉」

「そう、もふもふだ」

おれが言った。拳を握って力説した。

ミウは耳を押さえた——獣耳を伏せて、その上に手を添える様にして。

か・わ・い・い！

可愛い、可愛すぎる、なんて可愛い生き物なんだ。

もふもふしたい！　メチャクチャもふもふしたい！

「よし、ベッド行こう！」

「え——ひゃあ！」

おれはミウの手を引いて歩き出した。ちょっと強引に、連れ回す様にして。

目指すはもちろん寝室、あのおっきなベッドがある部屋だ。

「ご、ご主人様、ちょっと待って下さい」

「うん？」

「どうしてベッドなんですか。も、もふもふならさっきの部屋でも」

「何を言う」

おれは大声で言った。

「もふもふの後ついでに添い寝するに決まってるだろ」

「そ、添い寝ですか？」

「そうだ、添い寝。もふもふで添い寝。基本で、奥義で、最強だ！」

「そんなの聞いたことないです……」

そうこうしているうちに寝室についた。

ミウの手を引いたまま、一緒にベッドにダイブする。

「もふもふー」

「くぅーん」

ベッドの上でおれにもふもふされたミウは悩ましげな声を出した。

そんな事は構わず、徹底的にもふもふした。

目が覚めると夕方になっていた。

大きな窓から射《さ》し込む夕日がまぶしくて、手でひさしを作った。

それでまぶしくなくなると、ミウの姿が見えた。

ほとんど大の字になって寝てるおれのそばで、ミウが小さく丸まって寝てる。

人間の体ってこんなに小さくなれるんだ！　ってくらい小さく丸まって寝てる。

「猫鍋……」

もちろんそうじゃないけど、なんとなくそれを連想した。

それくらい可愛かったからだ。

「むにゃ……」

寝言が聞こえて、しっぽがぱさっ、とシーツの上で揺れた。

可愛くて、耳をツンツンしてやった。

ちょっと身をよじらせて、ますます体を丸めて。

もふもふの後、ツンツンして楽しんだ。

☆

夜の食堂。

「うん！　美味《うま》い！」

おれはミウが作った料理を食べていた。

ちなみミウはメイド服に着替えている。

この家にあったものじゃなくて、彼女が持参してきたメイド服。しっぽ穴を空けた専用のメイド服だ。

そのメイド姿で作った料理はすごく美味しかった。

「本当ですか？」

「ああ、すごく美味いぞ」

「よかった……わたし、お料理を教わりましたけど、いつも味付けが濃いって怒られてましたから、大丈夫かなって。わたしの舌じゃこれが普通だから……」

「ああ、言われてみると濃いめかもな、でも平気平気」

昔のおれの食事、醬油《しょうゆ》・ケチャップ・マヨネーズの調味料三本柱に比べれば、こんなの濃いうちに入らない。むしろ濃いめで好みにジャストミートなくらいだ。

「うん、やっぱり美味しい。これくらいの味で全然大丈夫だから、料理はミウに全部任せる。ああ、後で金を渡しとく。買い物とかも全部ミウがやっていい」

「わかりました！　いっぱい、美味しいものを作りますね」

「ああ、後、家事もとりあえずやってみて。手が回らなかったら言って。何か考えるから」

「はい！　わかりました」

「それともふもふもな」

「はう」

「とりあえず……そうだな」

おれが考えた。

「朝もふもふと行ってらっしゃいのもふもふ、それとお帰りのもふもふ。この三つは義務だから、いいね」

「わ、わかりました……」

料理や家事の話の時と違って、ミウはちょっとだけ涙目になった。

それが可愛くて、もうちょっともふもふした。

☆

次の日、山ウシの草原。

山ウシを探し回りながら、おれはある事を考えていた。

山ウシ狩り、そしてアルモッソとその部下を倒した時。

全部楽勝と言えば楽勝だったけど、なんというか、勝ち方がスマートじゃない。

力に任せて無理矢理勝っただけ。

なんというか、アクションRPGとかで、最高レベルだから楽勝は楽勝だけど操作はド下手《へた》。

そんな感じだ。

「力のうまい使い方を覚えないとな」

おれはそう思って、色々、やれそうな事を頭の中で思い浮かべる。

歩いてるうちに、山ウシと出くわした。

「さて……やるか」

指をボキボキ鳴らして、山ウシに向かって行く。

9．魔法戦士カケル

山ウシ相手に色々試してみた。

正面から受け止めた後、担《かつ》ぎ上げて頭から地面に落とした。

腰を深く落として、見よう見まねの正拳突きでカウンターした。

ローキック、ハイキック、体をひねって回し蹴《げ》り。それっぽいコンビネーションをやってみた。

色々やった。どれもこれも山ウシを瞬殺できた。

その結果、山ウシ三頭分の収入を確保できたけど、力の使い方を覚える、うまく使いこなすという目的はまったく果たせていない。

結局技とかじゃなくて、身体能力に頼ってる感じが強い。

強キャラを適当にガチャガチャ動かしたら勝てたって感じだ。

それは面白《おもしろ》くない、もっとこううまく動かしたい。

「やっぱり、どっかでちゃんとした技とか学んだ方がいいかな。剣術とか、体術とか。なんかそういう道場に入ればいいのかな」

三頭目を換金した後、街中を適当に練り歩き、そんな事を考えた。

この分じゃそのうちだだっ子パンチをやっても狩りができそうで、それはあまりにもかっこ悪すぎる。

色々考えて、適当に歩く。

通行人の中に、魔法使いらしい格好《かっこう》をしてる人がいた。

長いローブを着て、杖《つえ》を持っている。

魔法か、そういえばアルモッソに魔法喰《く》らってたな。あれも技って言えば技なんだよな。

「そういえば」

……魔法って、おれには使えないのかな？

☆

「結論から申し上げますと、可能性はございます」

もうすっかり顔なじみになったサラマス。

商会をたずねて、魔法を使えるのなら使ってみたいって話したらそう言ってくれた。

おれが色々知らない事をもう知っているから、話が早くて助かる。

「本当？」

「はい。基本的に人間であれば魔力は持っております。それが多いか少ないかで、うまく魔法として行使できるかどうかというだけの話でございます」

「誰《だれ》しも？　例外はないのか？」

「ございません。弱くて実用のレベルに達しない、という事ならままありますが」

「へえ」

「診断をお受けになってみますか？　すぐに使える様になるという事はありませんが、どれほどの魔力があるのかをすぐにチェックする方法がございます」

「ここでできるのか？」

「しばしお待ちを」

サラマスは店の奥に引っ込んでいった。しばらくして、水晶玉を持って戻ってきた。

それをカウンターの上に置いて、言った。

「これがそのための道具でございます。このようにして手のひらを開いて触れると――」

透明だった水晶玉、サラマスが触った途端、真ん中が光り出した。

豆電球のような、弱々しく揺れて、今にも消えそうな光だ。

「外れてたら悪いんだけど……これって結構弱いって事なのか？」

直感的に感じた事をそのまま聞いた。

「左様でございます。当方には魔法の才能がございませんな。まあ、王家の紋章の真偽を確かめる魔法を使うのが精一杯でございます」

「ああ、あれか」

この街に入った時兵士がやってたのを思い出す。

「これに触るだけでいいのか？　なんかする必要は？」

「ございません。触れれば判別される。そういう代物《しろもの》でございます」

「わかった」

おれは手のひらを水晶玉の上に乗せた。

瞬間、同じように中心から光り出した。

白い光、直視しているのも辛《つら》いほどのまぶしい光。

それが爆発的に広がって――水晶玉も爆発した。

粉々に砕《くだ》け散った水晶玉。破片が部屋中に散乱する。

「こ、これは……」

「えっと……これってどういう事なんだ？」

「しばしお待ちを」

サラマスはもう一回奥に引っ込んで、一回り大きい水晶玉を持ち出した。

「ささ、これでもう一度」

なんかの故障か、不良品だったのかな？

おれはそんな事を思いながら、大きい水晶玉に手のひらを重ねた。

真ん中が光り出して、白くまぶしい光が広がる——ここまではさっきと一緒で、今度はまぶしく光るだけで爆発する事はなかった。

「この色合いは……よもや……」

「どういう事なんだ？」

「強大な魔力でございますな」

サラマスが感嘆《かんたん》しつつ言った。

「ざっと見積もって、一般的な成人男性の百倍はございますな……いやはや」

「百倍か、まあそんなもんだろ」

微妙にへこみそうになる結果だ。

だってここに来る前にもらったスキルって「全能力777倍」だぜ？　それで上がった結果普通の百倍っていうのは、元は相当低いって事だ。

……いやよく考えたらそんなもんか。日本人のおれが普通に魔法使える程の魔力を持ってたら逆におかしい。

元が0で、777倍にしても0だって言われても普通に納得しちゃうな。

うん、納得だ。

おれはそれで納得してたけど、サラマスは変な顔でおれを見ていた。

ビックリしてるような、尊敬？　してる様な顔だ。

「流石《さすが》ユウキ様、お見それいたしました。まさか魔法においても宮廷《きゅうてい》魔術師レベルの力をお持ちだったとは」

「魔法を使えるくらいにはあるんだよな？　それで、実際に使うにはどうすればいいんだ？」

「方法としては二つございます。一つはしかるべき師をつけて、得意な魔法を見極めてもらって、それを習う。正道ですな」

「だな。もう一つは？」

「攻撃魔法に限定されますが、実際にその身で受けた魔法がもし才能的に使えるものなら、自然と使える様になります。ただしこれは命の危険があるため、邪道中の邪道――」

サラマスは眉《まゆ》をひそめながら言った。

えっと、喰らったら使える様になる……って事は。

おれは手をかざして、なんか感覚的にそれをやった。

「アルモッソから喰らったのが確か炎の魔法だから――」

手のひらから火の玉が出た。

おお、魔法が使えた。なるほどなるほど、一回どっかで喰らえばいいんだ。

それならわざわざ学びに行かなくても、そのうち少しずつ使える様になっていくから、それでいいだろう。

しかし、魔法かー。

炎の魔法が使えるんなら、次はできれば氷の魔法でも覚えたいもんだ。

例えばこうやって左手に炎を出して、右手に氷を――。

「おお！　氷の魔法も。流石ユウキ様ですな」

サラマスが言うが、おれはビックリした。

おれ、なんで氷の魔法が使えるんだ？

☆

「ご主人様！！！」

帰宅すると、ミウがいきなり涙目で抱きついてきた。

「どうしたんだミウ、お帰りのもふ――」

「ご主人様！　ご主人様！」

一生懸命しがみついてくるミウ。なんかすごく必死で、体も震えてる。

「どうしたんだ？」

「で、出たんです」

「何が？」

「出たんです！」

「だから何が？」

「ううう……」

顔を埋めて、しがみついてくる。

一体何が出たって言うんだろう。

ネズミか？　それともGか？

女の子だしどっちもあり得る――。

パチン！　何かがはじけた音がした。

「ひぃ！」

ミウが怯《おび》える。原因はどうやらこの音みたいだ。

音の方向を見た。屋敷から聞こえてくる。

はじける乾《かわ》いた音――ラップ音。

「ああ、そうか。そういえばここって幽霊屋敷だったたっけ」

「えええええ！　ご主人様ぁ……」

ミウがいよいよ泣き出しそうな雰囲気だ。

「ごめんごめん、言うの忘れてた。というか普通に忘れてた」

でもそうか、本当に幽霊屋敷だったんだ。普通に過ごせてたから、その事をすっかり忘れてたよ。

おれはいいんだけど（実害ないし）、でもミウがこれじゃなんとかした方がいいよな。

屋敷の方を見て、考えて。さて、どうしたもんかな、と。

「ん？　今一瞬光らなかっ――」

言い切るよりも先に、屋敷が氷の魔法を放ってきた。

氷でできた矢が何本も出現して、おれめがけて飛んできた。

それを叩《たた》き落とす。

屋敷がまた氷の矢を放ってきた。

「すごいな、まるで要塞みたいだな」

なんだか楽しくなって、テンションが上がってきた。

屋敷が更《さら》に矢を放ってきた。ひねりなく、まっすぐ飛んでくる。

それを全部叩《たた》き落とす。

屋敷の中に入ろうとしたけど、ミウがしがみついたまま離れない。

「ミウ?」

顔を埋めたままいやいやする。

よっぽど怖いんだろうな。

「じゃあ一緒に行こうか」

「――っ!」

びくっと震えた。

顔を上げておれを見る。ますます涙目だ。

氷の矢が飛んできた。裏拳で殴り飛ばす。

それを見たミウが盛大にビックリした。

ビックリしすぎたせいか、涙が止まってる。

「大丈夫、おれがついてるから。ミウはちゃんと守るから」

ミウはしばらくおれの顔をじっと見つめてから、うつむき加減になって、言った。

「わたしを置いて……逃げ出さないですか？」

「うん？　おれが一人で逃げるかどうかって事？　危なくなったら」

「……はい」

「それはないから。危なくなったらミウを担《かつ》いで逃げるから」

「本当ですか……？」

なおも疑ってくるミウ。なんでそんなにそこを心配するんだろう。

「本当だ。まだまだもふもふし足りてないからな」

「まだするんですか⁉」

驚くミウ。

でもなんだか、驚き方がさっきと違う。

まあ対象が違うし、幽霊相手とおれ相手じゃ違うのも当然だな。

ミウは更におれを見つめた（その間二回の氷の矢を叩き落とした）後、おずおずと頷《うなず》いた。

しがみつく腕を放し、おれの横に立つ。

服の裾《すそ》を摘んでくる。

「よし、行くぞ」

「はい」

おれ達は一緒に屋敷の中に入った。

ドアを開けて中に入るなり冷気が体を襲った。

「むっ、あれは」

「なんですか」

「そこ、さっきそこの曲がり角に人影が」

「ええええええ!?」

「行くぞ」

「はいぃ……」

結局は涙目になってしまうミウだ。

そんな彼女を連れて、廊下を曲がった。

今度はよりはっきりと人影が見えた。

「メイド、か?」

「え?」

「今の見ただろ?　なんかメイドみたいな格好《かっこう》をした人を」

「み、見えませんでしたけど?」

「……」

更に追いかける。こっちの方が早いのか、次の角を曲がるとより長い時間姿を確認できた。

目が合う。やっぱりメイドで、若い女の子に見える。

「ミウ、今のは？」

「見えなかった……です」

服をぎゅっと摑《つか》んで、ますます怯《おび》えた。

今のを見落としたというのは考えられない。おれと目が合って、次の角に消えていくまでに数秒間あったはずだ。

「となると、おれだけが見えるのかな」

つぶやきながら、ミウを連れて追いかける。

屋敷の中を駆《か》け回った。かなり広い屋敷で、階段を上ったり降りたり。庭にいったん出たりまた中に入ったり。

それを繰り返した。

やがて、その幽霊を追い詰めた。

一階の奥まった所。比較的日が当たらない、じめじめとした所。

小さい、寝るためだけの部屋がいくつもある所で、おそらくメイドとか使用人達が使ってた部屋だろう。

そこに幽霊を追い詰めた。

改めて見る。やっぱりメイド服を着てる若い女の子だ。

だけど体ごしに向こうの壁が見えるくらい透けてて、表情ものすごく険しい。

幽霊──それも悪霊っぽいと感じた。

「──！」

形容しがたい奇声を上げて、幽霊が飛びかかってきた。今まで逃げてたのに、一気に襲ってきた。

「掴まってて！」

ミウを軽く引き寄せつつ、飛びかかってきた幽霊にカウンターのパンチを見舞ってやる。

どこまで効くのかわからない。だからかなり本気を出した。

山ウシでも数十メートル吹っ飛ぶくらいの力加減で殴った。

が。

「スカッた⁉　くそ、そういう事か！」

パンチが幽霊の体をすり抜けた。幽霊だから物理攻撃が効かない、という事なんだろう。

幽霊はすり抜けて後ろに飛んでいったけど、急ブレーキして、また飛びかかってきた。

今度は体のまわりに氷の矢をまるで衛星の様に出して、一緒に飛んできた。

「ご主人様！」

「大丈夫だ！」

氷の矢を確実に打ち払いつつ、幽霊の突進を避けた。パンチがすり抜ける幽体だとわかった以上、不用意に触りたくない。

どうしたらいいのか。

ふと、おれはある事を思い出した。

同時に幽霊がまた飛んできた。

矢が効かないとわかったのか、今度は単独で突っ込んできた。

好都合だ。余計な要素が入らずにすむ。

おれは手をかざして、炎の魔法を使った。

手のひらの先で炎が渦巻く、大きな玉になった。

「――」

奇声再び。同時に幽霊の顔色が変わった。

すれ違いざまに魔法を叩き込む。

交錯《こうさく》、そして振り向く。

幽霊の右肩が燃えていた。

「効くとわかれば」

口元に笑みがこぼれた。

「後はもう簡単」

手を前に突き出し、魔法をぶっ放したのだった。

「……」

幽霊が消えた。同時に屋敷に充満していた冷気もみるみるうちに消えていった。

「これで一件落着」

消える直前、幽霊の女の子が何か言いたげだったのが気になったけど、聞き出しようがないので、忘れることにした。

「大丈夫だったか」

未《いま》だに服の裾をぎゅっと掴んでるミウを見た。

ミウはおれを見上げて、瞳《ひとみ》をキラキラさせていた。

「……ミウ？」

「ご主人様……すごい」

「うん？」

「怖いのがなくなりました……ご主人様ってすごい」

「まあな」

とりあえず威張っておく事にした。ミウのキラキラした目、あこがれの視線が気持ちよかったし、あえて裏切る事もないから。

「何かあったら全部おれに任せろ。おれが全部退治してやる」

「はい！」

はっきり言い切ると、ミウのあこがれの視線がいっそう強くなった。

よしよし、これでいい。

「そうだ！　お仕事」

「うん？」

「お掃除の途中だった……」

「ああ、幽霊に邪魔されたのか。じゃあしっかり仕事しておいで、頼んだよ」

「はい！」

ミウは大きく頷いて、ぺこりと頭を下げて、小走りで去っていった。

その後ろ姿、そして残して行った信頼の余韻《よいん》。おれはしばし、その場にとどまってそれを味わっていた。

ひとしきり味わった後、おれもこの場を離れようか、と思ったその時。

幽霊が霧散した辺りに、紙切れが落ちているのが見えた。

「あんなもんあったか？」

不思議に思って、近づいて拾い上げる。

まじまじと見た。見覚えがある代物《しろもの》だ。

「くじ引き券……？」

そう、くじ引き券。買い物をした後によくもらうもの。そして、この異世界にくるきっかけになったもの。

見れば見るほど、それはくじ引き券だった。

何故《なぜ》こんな所にくじ引き券が——そう思う一方で。

くじ引き券——くじ引き。

おれはとある期待を持ったのだった。

11. 券をためて十一回引こう！

……期待を持ったのはいいけど、これってどうするんだ？

とりあえずくじ引き券を握り締めて、念じてみた。

「……」

くじ引き券はくしゃくしゃになった。

慌《あわ》ててまわりを見る。何も起きなかった。

「えー、これどうすんの？　まさかおれの勘違い？　ただの紙くず？」

そしたらすっげえ恥《は》ずかしいんだけど……。

恥ずかしさがどんどん大きくなって、穴があったら入りたい気分になった。

まあ、誰《だれ》にも見られていないのが不幸中の幸いか……。

おれはその場から離れることにした。部屋に戻ってふて寝しようと来た道を戻って、曲がり角を曲がった。

その瞬間。

「……ここどこ？」

目の前の景色が一変した。

屋敷の廊下にいたはずが、急にどこかの部屋に飛ばされた。

部屋の中に長テーブルがあって、その向こうに人が立っている。

そして、テーブルの上に抽選器が置いてあった。

「いらっしゃいませ」

「ってあるのかよ！」

思わず声に出して突っ込んでしまった。

あの時の部屋だ。異世界にくる直前、二回目のくじを引いた部屋だ。

おまけにスタッフも同じ人だ。

「お久しぶりです」

「これ」

おれは拾ったくじ引き券を突き出した。

「これでくじ引きを引けるんだろ？」

「はい、これ一枚で一回引けます。でも本当にいいんですか？」

「何かまずいのか？」

「いえ、まずい事は何もありません」

「ふーん」

嘘《うそ》を言ってるようには見えないから、気にしない事にした。

それよりもスタッフの背後にある、景品のリストを見た。

・参加賞　魔法の玉（黒）
・五等　魔法の玉（白）
・四等　五割引き買い物券
・三等　異次元倉庫
・二等　ワープの羽
・一等　？？？

最初に引いた時と大分違ってる。温泉旅行やら最新型スマホやらのリストが、いかにも異世界っぽいものになってる。

おれが見てる事に気づいて、スタッフが聞いてきた。

「景品の説明が必要ですか？」

「半分くらいはなんとなくわかるけど、この魔法の玉（黒）と魔法の玉（白）ってどういうものなんだ？」

「黒は攻撃用で、白は回復用です。どちらも使いたい時に相手に投げつければ発動する優れものですよ」

「へえ」

「しかも誰にでも使えます」

「まじか」

それはちょっとほしかった。参加賞の黒でも、ミウに持たせれば護身用になる。

「五割引き買い物券は？」

「文字通りです、買いたいものをなんでも五割引きの値段で買えちゃいます。しかも使用回数無制限！」

「すごいなそれ」

「ただしこれは、当てた人しか使えませんのでご了承下さいね」

「わかった、異次元倉庫は？」

「別次元にある収納スペースで、これも当人にしか使えませんが、どこにいてもアイテムの出し入れができます」

「ワープの羽は？」

「無制限で瞬間移動ができます。ただし一回行ったところに限ります」

スタッフから説明を受けた。

どれもこれも強いアイテムで、見てるだけでワクワクする。

だけど、もっとワクワクするのがあった。

一等の「？？？」。それを見ておれはある事を思い出した。

「一等のあれさ」

「すみません、それは当ててのお楽しみ――」

「そうじゃなくて。もしかしてこっちも、特等があるんじゃないのか？」

「どうして知ってるんですか⁉　ってそっか、お客さん特等を当ててこっちに来た人でしたっけ」

「そう」

おれは頷《うなず》いた。

その通りだ。あの商店街のくじ引きで、一等を当てた人の次におれが特等を当てた。

その時の一等もこれと同じように、景品リストでは「？？？」と伏せられてあった。

そして一等はスキルくじ引きを一回、特等のおれは気に入ったものが出てくるまで好きなだけ回せた。

つまり。

「一等があって、特等があって。特等は一等よりも更《さら》にいいものがある、って事なんだな」

「はい、そうです！　それはもうすごいものですから、是非当てていって下さいね」

「おう」

おれはワクワクした。こっちのくじ引きで何が出てくるのかすごく楽しみになってきた。

それで引こうとして、くじ引き券を出そうとしたんだけど。

「本当にいいんですか？」

また同じ事を聞かれた。

「さっきも同じ事を言ったけど、どういう事なんだ？」

「そのくじ引き券一枚で一回引けるんですけど、実はですね、十枚を一気に持ってきたら十一回引けるんですよ。おまけで一回分多く引けるんですね」

「くじ引きってそういうシステムあったっけ？」

ソシャゲのガチャならよく聞くけど。

「うちはあるんです」

「なるほど」

おれは納得した。まあ似たような事だし、そういうサービスが付けられててもなんの不思議もない。

そういうことなら、本当にいいのかって聞いてきたのも、まずい事はないって言ったのも納得できる。

今でも引けるけど、今我慢してまとめて持ってきたらおまけで引けるんだ、そりゃ――。

「わかった、集まったらまとめて引く」

「はい、わかりました」

「で、くじ引き券はどうやったら集まるんだ？　どっかで買い物すればくれるのか？」

「違いますよ、そんなわけがないです」

　スタッフはケラケラ笑った。

「じゃあどうするんだ？」

「この異世界を好きな様に生きてください、ゲットできそうな時はきっと直感でわかるはずですから」

「直感か」

「はい、直感です」

「なるほど」

　こっちはなんとなくだけど、やっぱり納得した。

　さっきくじ引き券を見た時の様な気持ちなんだろうな、って。

「わかった、じゃあまたな」

「はい、お待ちしてます」

　おれはくじ引きの部屋を出て、屋敷に戻った。

　廊下の途中に立っていた。

　角を曲がったくらいの所に——あのくじ引きの部屋に行けた所に立っていた。

　ここが移動するポイントなのかな。

まあいっか、それは行きたい時に考えよう。さっきの様子からだと、行きたい時に行ける感じだった。

おれは廊下を進み、幽霊を追いかけてきた道を引き返した。

「あっ、ご主人様」

ミウがやってきた。パタパタ駆《か》け寄ってくる姿を見るともふもふしたくなる。

そういえば帰ってすぐ幽霊騒ぎがあったから、もふもふしてなかったっけ。

とりあえずお帰りのもふもふしようと思ったんだけど。

「ご主人様にお客様です」

「客？　おれに」

「はい。玄関で待たせてますけど、どうしますか？」

「わかった、玄関だな」

おれは玄関に向かった。

おれを訪ねてくる客なんて心当たりが限られてるけど、一体誰なんだろう。

玄関につくと、そこに立っていたのはあの食堂の看板娘だった。

顔見知りだけど、心当たりではない。

おれはちょっとビックリした。

看板娘もビックリしていた。

「なんでここに？」

「アンドレウ商会の人に腕利きの人がいるって聞いて来たんですけど……お客さんがそうなんですか」

「アンドレウ商会……腕利き、ああ、それはおれの事だな」

アンドレウ商会というのは山ウシを買い取ってくれてるところだ。間違いなくおれの事なんだろう。

「……助けて下さい」

彼女はそう言った。

すがるような、期待するような目。

それを向けられたおれははっとした。

そうか、これがか。

ポケットの中で無意識にくじ引き券をくしゃっとしてしまって、こっそりまたそのしわを伸ばした。

12. 魔剣とくじ引き券

食堂の看板娘を外に待たせて、玄関でミウと向き合う。

「じゃあミウ、留守番を頼むな」

「はい。行ってらっしゃいご主人様」

「ああ」

振り向いて、外に出ようとする。

「あっ……」

「ん？」

ミウの声が聞こえて、振り向く。

「どうしたんだ？」

「う、ううん。その」

「うん」

「あの……」

「なんだ」

「行って、らっしゃい」

「ああ、行ってくる」

ミウに見送られて、外に出た。

立ち止まる。ある事を思い出す。

急いで引き返して、屋敷の中に入る。

「ミウ！」

「ひゃい！」

屋敷の奥に入ろうとしていたところを呼ばれて、声が裏返ってしまうミウ。

「ど、どうしたんですかご主人様」

「もふもふだ。行ってらっしゃいのもふもふだ」

「あっ……」

ミウの瞳《ひとみ》が輝《かがや》く。でもちょっと恥《は》ずかしそうにうつむく。

手を引いて、抱き寄せる。

もふもふ、もふもふ。

さっきうやむやになったお帰りなさいのもふもふ取り返すくらいもふもふすると、ミウのしっぽがぱたぱたしてるのが見えた。可愛《かわい》かった。

「じゃあ、今度こそ行ってくる」

「はい！　行ってらっしゃいませ」

☆

食堂・プロス亭の看板娘、フィオナと並んで歩く。

街を出て、彼女の先導で街道を歩く。

「それで、助けて欲しいってどういう事なんだ？」

「妹を助けてほしいんです」

「妹さんか。腕利きを紹介してもらっておれのところに来たって事は腕っ節で解決できることなんだな」

「多分……」

「多分？」

フィオナの歯切れが悪かった。

今ひとつ話がかみ合わない感じがする。

だけど、助けてほしいのは本当みたいだ。

フィオナは店にいる時と違って、ものすごく焦《あせ》ってる。下手《へた》したらおれを置き去りにしそうなくらいの早足で歩いてる。

だからおれは何も聞かないで、フィオナについて行った。

「妹が捕まってるんです」

しばらく歩いて、途中で街道から外れ、獣道しかないような森に入る。

森の奥に小さな洞窟が見えた。

見えた瞬間、洞窟からよどんだ空気のようなものが漏れてるのが見えた。

「あれはなんだ？　煙なのか？」

「煙って、どこですか？」

「あれ」

洞窟の入り口を指す。フィオナはしばらくそこを見て、不安そうにおれを見た。

「煙なんて見えませんけど……」

「えっ？　じゃああれは……」

言いかけて、はっとした。

そのよどんだ空気が漂《ただよ》ってきて、触れた瞬間寒気がしたから。

屋敷で、幽霊と戦った時に感じたものと非常に近い感覚。

「妖気とかそういうやつか」

「それが見えるんですか！」

フィオナは大きな声を出した。

「それがあるって事は、妖気を放つ何かがその中にあるって事だな?」

「はい……」

フィオナが頷《うなず》き、洞窟に向かっていく。

おれはついていった。数歩歩いて、洞窟の中が完全に見えてきた。

洞窟と言っても、よく見たら奥に二・三メートル入れるだけの小さなほらあなだ。

さっきの妖気が漂ってたから奥が見えなくて、深そうな洞窟に見えてただけだ。

その奥の、壁際に一人の女の子が座っている。

歳《とし》はミウよりちょっと上で、フィオナより少し下ってところか。

整った顔立ちはフィオナとすごく似てる。

「この子、フィオナの……?」

「妹の、マリです」

だろうな。顔の作りがすごく似てて、誰《だれ》が見ても姉妹って言うくらい似てる。

「お姉ちゃんっ」

おれ達に気づいたマリが顔を上げて、悲鳴に近い声でフィオナを呼んだ。

声がかすれている、立ち上がらない。

顔は涙が乾《かわ》いたあとが見えるくらい悲しそうにしてるのに、フィオナを呼ぶだけでそれ以上動く気配はない。

流石《さすが》におかしい。おれは改めてマリをよく見た。

すると、彼女が何かを抱きかかえているのが見えた。

「棒……？　いやあそこの切れ目、あの長さ……刀か？」

「はい、マリはアレに憑《つ》かれてるんです」

「憑かれてる……妖気……妖刀か」

「はい」

「なんでまたそんな事に」

「わかりません。マリは普段からよくこの森で遊んでるんですけど、一昨日の夜になっても帰ってこないから探しに来たら……こんな事になってて……。この穴も、前はこんな所にこんなものなかったはずなのに」

「一昨日……結構経《た》ってるな」

声が枯れてるのも頷ける。

「マリちゃん、動けないのか」

「はい……」

弱々しい口調で返事した。

「……目の下にクマができてる。ただの寝不足、ってわけじゃないだろうなそれ」

持ってるのが妖刀、そして顔がやつれてるとくればまずい想像しか思い浮かばない。

大体の状況は把握できた。

「で、どうすればいいんだ？」

「こうなった後、いつもお世話になってるアンドレウ商会の人に助けを求めました。それで言われたのがその刀を取り上げればいいって。でも街の誰に聞いても、倒すのはできるかもしれないけど、マリを傷つけないで刀だけを取り上げるのは無理って」

「なるほど、それで腕利き——おれを紹介されたわけか」

フィオナ、そしてマリを見る。

フィオナはもう半泣きだ。マリはやつれ切って、涙すら乾いてしまった様子だ。

妖刀に取り憑かれた少女。こりゃ早くなんとかしないと。

「フィオナは外に出てて」

「えっ、その——」

「傷をつけないで刀を取り上げればいいんだよな」

「う、うん」

「なんとかする」

力強く言い切ると、フィオナはおずおずと頷いて、洞窟の外に出た。

マリと二人っきりで向き合う。

向こうは動かなかった。刀を抱えたまま、壁を背にして座って動かないでいる。

一歩、踏み込んだ。

チャキ。

マリはとても少女とは思えない反応の速さで抜刀し、斬りかかってきた。

反応して、躱《かわ》す。マリは更《さら》に斬りかかってきた。

鋭い斬撃が全方位から飛んでくる。

よく見て、躱す。刀から漏れる妖気は躱しようがなく、ピリピリと肌に突き刺さってくる。

反撃を——と思ったその時。

「痛い……腕が……痛いよぉ」

「マリ！」

マリが苦しそうに呻《うめ》いた。それを聞いて洞窟の外でフィオナが叫んだ。

「妖刀に操られて……体の方が限界か。ちっ」

ますます長引かせるわけにはいかなくなった、それどころかこれ以上動かせる事さえもよくない。

ならば——動く前に叩《たた》く。

いったん大きく下がって距離を取った。

利き足で地面をぐいっと踏み込んで、力をためる。

（全力でっ）

異世界に来てからはじめての全力で、おれは突っ込んでいった。

空気の壁をぶち破った感覚がした。妖刀＝マリは反応できてない。

一瞬で距離を詰めたおれは、妖刀が反応する前にそれをひったくった。

マリの手から取り上げた。

「よし！」

強奪成功だ。

（えっ？）

声が聞こえてきた。それは脳内に直接響いてくるような声。

妖刀を見た。握ってる所がドクンドクンと、まるで脈を打っているようなのを感じる。

多分こいつの声だな。

どうしようかとちょっと考えた。妖刀だしこのまま持ってたら危ないかなあ……って思ってたところにまた声がした。

（ならばお前に取り憑くまでよ）

「ちょっと待て」

止めようとしたが、脳裏にそいつの高笑いが響く。

何かをしたみたいだ、止め方もわからないまま何かをされたみたいだ。

だけど何も起きなかった。

（なんだと？　何故《なぜ》だ、何故取り憑けない！）

妖刀の声が響く。焦っている様に聞こえる。

その後も何回か何かをしたみたいだけど、おれの方はまったく変化がないし、妖刀の声はますます焦るばかりだ。

理由はわからないけど、おれをマリのようにできないって事だな。

「よし、なら放置だ」

そう決めて、おれは妖刀を握ったままフィオナを見た。

フィオナは洞窟の中に入ってきて、妖刀を奪った後、そのまま気絶したマリを抱き起こした。

「どうだ、大丈夫か？」

「はい、多分ですけど……」

マリの顔をのぞき込んだ。気を失ってて大分やつれてもいるけど、呼吸が規則正しいから、フィオナの言う通り多分大丈夫に見える。

「念のために街に戻ったら医者に診《み》せよう」

「はい」

フィオナはマリを抱き起こして、おれを見つめた。

また泣きそうになってる、だけど今回のは――きっとうれし泣きだ。

「本当に、ありがとうございます！　カケルさんのおかげで、マリが……マリを……」

「いいから、そういうのは後。フィオナはマリを医者に連れてって」

「え？　カケルさんは？」

「おれはこいつをなんとかしてから行く」

と言って、魔剣を見せた。

フィオナはわかりましたと言って、更に繰り返しお礼を言ってから、マリを抱いて先に洞窟を出た。

魔剣を持ったおれは、さてこいつをどうしようかと思ってなんとなく洞窟の中を見回す。

このまま叩き折ってやった方がいいかもな。

そんな事を思っていると、マリが座っていた所に何かが光っているのが見えた。

近づいて見ると、そこに一枚のくじ引き券が落ちているのが見えた。

拾い上げる。これで二枚になった。

13.死霊の軍勢

（くっ、貴様何者だ）

　魔剣が聞いてきた。おれがくじ引き券を拾ってる間も、そいつは色々と何かをしてきて、おれを乗っ取ろうとしていた。

だけど上手《うま》くいかない。それでしびれを切らして聞いてきたんだろう。

「結城《ゆうき》カケルだ」

（名前なんぞ聞いてないわ！　貴様が何者かと聞いている。何故《なぜ》我が取り憑《つ》けん）

「なぜって言われてもなあ……」

　なんでなんだろう。

（我が取り憑けぬ人間なぞ初めてだぞ。むっ、貴様、その魂《たましい》の色）

「え？」

（なんだその色は、貴様ただの人間ではないな？）

「ただの人間だけど……」

　あっ、ただの人間じゃないのかも知れない。もしかして異世界の人間とその辺で何か違いがあるのかも知れない。

(この色……覇王ロドトスに似てる……？　いやそれよりも……)

魔剣はなんかぶつぶつつぶやいてた。

「さて、お前をどうするかなんだよな」

(むっ？)

「やっぱりこのまま叩《たた》き折った方がいいのか？　うーん」

(我を舐めるな人間。体を乗っ取らずとも、貴様を葬《ほうむ》る手立てくらいある)

「えっ」

油断してたからビックリした。何がくるのかと身構えた。

すると、魔剣が光った。黒く――まがまがしい光を放った。

次の瞬間、地面からボコボコと生えてきた。

ローブを纏《まと》ったゴースト、鎧《よろい》姿のスケルトン、うめき声を漏らすゾンビ。

まさしく――。

(これが、かつてのレトリア帝国を蹂躙《じゅうりん》したわが死霊の軍勢よ。死霊ども、こいつを殺せ！)

「くっ、油断した」

(あっはははははは)

脳内に響く高笑い。

死霊の軍勢が一斉に襲いかかってきた。

殴ろう――と思ったが、手のひらの中にあるそれを思い出した。

魔剣。こいつらを召喚《しょうかん》した張本人だけど、剣である事は変わりない。

「……」

試しに魔剣を振ってみた。先頭に突っ込んでくるスケルトンに向かって振り下ろした。

かぶとを割って、脳天からスケルトンを真っ二つにした。

「おっ、いけるな」

（なっ、貴様何をしている！　我を使って我のしもべを攻撃するなどなんたる不遜《ふそん》！）

なんかわめいてるけど、無視して魔剣を振るいつづけた。

スケルトンの剣を受け止め、骨を砕《くだ》く。

ゴーストの魔法を吹き飛ばし、ローブごと斬り裂く。

……体液が微妙に気持ち悪かったから炎の魔法で遠距離からゾンビを焼き払う。

襲ってくるモンスターを倒していった。

（人の話を無視して……ならばこれでどうだ！）

何かを言った直後、魔剣が一気に重くなった。取り落としそうになる。

ズブリ、と、まるで包丁《ほうちょう》を豆腐《とうふ》の上に落とした、そんな勢いで魔剣が地面にめり込む。

（ふははは、どうだ。こんな事もできるのだよ。今の我は巨竜にも匹敵する程の重さよ）

「巨竜？　おいおい質量保存の法則とかどうなってるんだよ」

……異世界で言う台詞《せりふ》じゃないけど突っ込まずにはいられなかった。

（さあどうする、これでも手を離さないか？　それならそれでいいぞ？　我を掴《つか》んだまま死霊の軍勢に――）

「ふんっぬ！」

腰に力を入れて、魔剣を思いっ切り引っこ抜いた。

確かに重いけど、なんとかならないってレベルじゃない。

ハンマー投げみたいな感じで、遠心力を使って魔剣をぶん回した。

無双再開だ！　死霊の軍勢を更《さら》になぎ倒していく。

（き、貴様、でたらめだぞそれは！　何故我を振れる、重くないのか貴様！）

「いや重いよ、見てわかるだろ」

重くなかったらこんな振り方してないし。

（そういうレベルじゃないわ！）

更にわめく魔剣。

迫《せま》ってきたスケルトン（もう何体目なのかわからない）を砕いた後、地面に転がった骨の間から光ってるものが見えた。

見覚えのある光――くじ引き券だ。

なるほどこうしてモンスターを倒しても出る時があるのか。

やる気が出てきた。ペースを上げて倒していった。

軍勢、と呼ぶにふさわしいモンスターを倒し切る頃《ころ》には、流石《さすが》に背中が汗だくになっていた。

終わった後、おれはくじ引き券を回収して回った。

あれから数えたけど、大体百匹に一枚のペースで落ちていた。ドロップの割合としてはどんなもんなんだろう。

(貴様、さっきから何をしている)

魔剣が聞いてきた。

「何って……これを拾ってるんだけど？」

魔剣を持ったままくじ引き券をヒラヒラと見せた。

言葉はない。だけど頭の中で魔剣が困ってるって気配が伝わってきた。

……見えてないのか。

このくじ引き券ってもしかしておれ以外の人間には見えないのかな。今度くじ引きに行く時に聞いてみよう。

と思ったけど、その「今度」は意外と早く訪れた。

くじ引き券を全部拾うと、前のと合わせて丁度《ちょうど》十枚になった。

十枚のくじ引き券、これでおまけ含めて十一回回せる。

早速回しに行こうと思った。

どうやってあそこまで行くのかな、適当に歩いてればいいのかな?

行きたい、と頭の中で思いながら、魔剣を持って森の中を適当に歩き回った。

ふと気がつくと、景色が一変していた。

薄暗い森から、いつの間にかあの部屋にやってきていた。

くじ引きの部屋、スタッフの人もちゃんといる。

これで来られるんだな。

おれはスタッフ……そして抽選器に向かっていった。

「ども、くじを引きに来ました」

「お客様、関係ない人を連れてこられるのはちょっと困ります」

スタッフは何故《なぜ》かそう言い、ジト目でおれを見た。

「え? 関係ない人? 誰も連れてないけど?」

「じゃああそこにいるのは?」

スタッフがおれの背後を指す。

振り向くとそこに幼女がいた。

ワンピースを着た五歳くらいの幼女で、彼女はビックリ顔で自分の手のひらを見つめていた。

「この姿は……我が人間だった頃の姿」

「我？」

聞き覚えのある一人称と口調だ。もしかしてこの幼女って——。

「何故こうなったのかは知らんが——これなら手出しできる。死ねぇぇぇ！」

幼女が突進してきた……が、おれは落ち着いて止めた。

手を突き出して、頭を押さえる。

幼女がしてきたのは……だだっ子パンチ。

見た目に似合いすぎて怖いくらいの、可愛《かわい》らしいだだっ子パンチ。

当たらないだだっ子パンチ、涙目の幼女。

幼女は飛び退いた。

「くっ！　肉体を持ったのは数百年ぶりだから仕方ない。だが今なら、剣としての我を持たない貴様なら死霊達で倒せる」

「むっ」

「出でよ！　死霊の軍勢」

手を突き上げた。おれは身構えた。

シーン。

何も起きなかった。

「何故だ！　何故出ない！」

「……」

警戒を解く。なんとなくわかった。

いやなんでこの姿になってるのかわからないけど、今のそいつは何もできないことがわかった。

なので、後回しにした。

「すいません、十枚たまったんでくじ引かせて下さい」

「いちいち我を無視するなあああ」

後ろから叩いてきた。

ポカポカ、ポカポカ。

くっ、可愛いじゃないか。振り向いて頭を撫《な》でてあげたくなってしまう。

今まで一番脅威に感じた。

14. チートスキル×チートアイテム

幼女（魔剣）にずっと関わってもいられないので、おれはくじ引きのスタッフの方を向いて、集めたくじ引き券十枚を出した。

「十一回、お願いします」

と言ったけど、スタッフの人は困った顔のままおれの後ろを見ていた。

そういえばさっき、関係ない人を連れてきたら困るとか言ってたっけ。

「えと、ごめんなさい」

とりあえず謝っておいた。

「やっぱまずいですか」

「うーん、ちゃんと口止めできれば別に大丈夫なんですけど」

「あっ、それなら大丈夫だと思います」

さっきの事を思い出す。こいつの声が脳内に響いた時、フィオナには聞こえてなかったみたいだった。

マリに取り憑《つ》いた時も、おれにはこいつの声が聞こえてない。

多分だけど、持ってる人間にしか聞こえないんだろうな。

マリのような事もあるから、なんとかするまで、おれがずっと持ってようって思ってたところだ。

だからこいつがどこかに漏らすことはないと思う。

「他の人にしゃべれない様にしときます」

「わかりました。じゃあくじ引き券を預かりますね」

スタッフはそう言って、くじ引き券を受け取って、数えた。

「はい、丁度《ちょうど》十枚ですね。では十一回、どうぞ」

「よしっ」

おれは意気込んで、抽選器を回した。

ガラガラガラ、ポトッ。

黒い玉が出てきた。

「はい、参加賞ですね。あっ、玉をそのままお持ち下さい」

「このままって、じゃあこれが――」

景品リストを見た。

「魔法の玉（黒）そのものなのか」

「はい。それを攻撃したい相手に投げつけると、相手が一番苦手な属性で攻撃する優れものなんです」

「便利だな、なのに参加賞か」

「使い捨ての魔法ですからね」

「ティッシュみたいな扱いか」

おれは玉を持って、後ろをちらっと見た。

おれの事を殴り疲れてぜぇぜぇ言ってる幼女を見た。

これを投げたらどうなるのかってちょっと思った。

……あの姿だとちょっと罪悪感があるから、また魔剣の姿の時にやろう。

「ちなみにこっちは誰《だれ》にでも使えます。誰かに渡して護身用にするのもいいかもしれませんね」

「ふむふむ。ミウに持たせとこうかな」

玉をポケットにしまって、更《さら》に抽選器を回す。

ガラガラガラ、黒い玉。

ガラガラガラ、黒い玉。

ガラガラガラ、黒い玉。

外れが続いた。

「なかなか当たらないな」

「すいません。でも参加賞が一番多いのはどうしても……」

スタッフは申し訳なさそうに苦笑いした。そりゃそうだ。

ガラガラガラ、ポトッ。

五回目、今度は白い玉が出てきた。

ガランガラン、ハンドベルが鳴る。

「おめでとうございます！　五等です」

「魔法の玉（白）か」

「はい。黒と同じ使い捨てのアイテムですけど、こっちは回復用です。使い方は一緒で、効果は『死んでなければ大体なんとかなる』くらいだと思って大丈夫です」

なんかエリクサーっぽいな。けちって、使わないままにしないように気をつけよう。

抽選器を更に回す。

ガラガラガラ、ポトッ。

ガラガラガラ、ポトッ。

ガラガラガラ――。

六回目から十回目は全部黒い玉だった。

「うーん、運が悪いのか？」

最後の一回、取っ手を持ったまま深呼吸する。

えいや！　と気合を入れて回そうとしたその時。

「なあ、さっきから何をしてる」

幼女（魔剣）が隣にやってきて、おれを見上げた。

「くじ引きだ」

「くじ引き？」

「そう、これでくじを引いて、出たものをもらうんだ」

「玉をか？」

「普通は玉だけど、運がいいとすっごいものがもらえるんだ」

景品リストを見た。下二つ以外はどれを見てもすごいものばっかだ。

「それは楽しそうだ。我にもやらせろ」

「お前に？」

最後の一回だし別にいっか。

でも大丈夫なのかな？　おれはスタッフを見た。

「いいですけど、出たものの所有権はそっちで勝手に決めて下さいね」

「わかった」

一回だけならどうせ参加賞か五等だろうし、所有権も何もないだろう。

「じゃあ、ここを持って回して」

幼女（魔剣）に言ったが、ジト目で睨《にら》まれた。

「どうした？」

「届かん」

「え？」

「手が届かん。見ればわかるだろ！」

幼女は両手を挙げる。上を向いてる抽選器の取っ手に届かなかった。

「仕方ないな」

幼女の脇の下に手を入れて、抱き上げた。

「なっ――」

こいつは何故《なぜ》か顔を赤くした。だっこしてるだけなのに。

面倒臭《くさ》いから急《せ》かした。

「ほらほら、お前すげえ重いから早く回して」

「バカを言うな！　今は重くないはずだ」

「はいはい」

適当にいなす。

幼女はぶつぶつ言いながらも、抽選器を回した。

ガラガラガラ、ポトッ。

出てきたのは――赤の玉だった！

「おめでとうございます！　二等賞です」

「まじかよ！」

ビックリした、まさか一発で当たるとか。

前にソシャゲやってた時に、なけなしの石を使って、最後の一回を飼い猫に引かせた時の事を思い出した。

スタッフは景品を取り出した。

「はい、こちら二等賞の賞品、ワープの羽です。これを使えば一度行った事のある場所なら一瞬で飛んでいく事ができます。ちなみにこっちは消耗品《しょうもう》じゃないので、使ってもなくなりません。あっ、今受け取った人にしか使えなくなりますのでご注意を」

森に戻ってくると、既《すで》に夜になっていた。

左手には羽を、右手には元の姿に戻った魔剣を持っている。

ワープの羽を出した。

確か一度行った事のある場所ならどこへでも行けるんだよな。

羽を持って、屋敷の事を思い浮かべて、使った。

すると、目の前の景色はパッと変わった。

まるでテレビのチャンネルを変えた時の様に、見えてるものが一瞬でパッと変わった。

切り替わった景色は、おれの屋敷だ。

「……すげえ！」

ワープって言葉でわかってたけど、実際にやってみるとすげえってなった。

サラマス商会に飛んでみた。

ロイゼーンの入り口に飛んでみた。

ちょっと離れて、山ウシの狩り場に飛んでみた。

景色は次々と変わって、思った通りの場所に飛べた。

すごい、すごいぞこれ！

ぶっちゃけこれ、『全能力777倍』よりも遙かに強いんじゃないか？

いや、あれも弱いってことはないんだ。でもできる事はそんなに多くない。

だけどこれなら、これなら色々できる。

ワープでできる事をおれは考えた。

例えば行商人みたいなことができる。離れた街に一度行けば、二つの街の間で商品を運んで稼《かせ》ぐ事ができる。

おれはまわりを見た。ちょっと離れた所に岩があった。

ワープの羽を使った。岩の後ろ（さっきのおれから見ての）に移動した。

こんな感じで、戦ってる時に相手の後ろに瞬間移動もできるのか。

スキルとの組み合わせで、できる事が一気に増えた。

次の日。

ワープの羽を使って山ウシ狩りをした結果、十頭を狩ることができた。

今までの記録を、一気に倍に更新した。アンドレウ商会の人もビックリして、

「実は傭兵《ようへい》団を指揮してたとか、そういうオチはないですよね。だって、こんなの百人規模の仕事ですよ」

と言っていたから、その日は「ワープすげえ」ってなってたんだけど、次の日それが間違いだって事に気づく。

ワープがすごいんじゃない。

すごいのはくじ引き券だ。

集めよう！　くじ引き券を、もっと。

15. 姫を助ける

昼、山ウシ狩りのノルマをクリアした後、おれは屋敷の部屋で扇子《せんす》を眺めていた。

ヘレネー姫の扇子。もらってからずっとベルトに差してた扇子。

(なんだそれは)

魔剣が頭の中で聞いてきた。

最初は我を手放せってうるさかったこいつも、くじ引きの後何を思ってかあまりそれを言わなくなった。

「ある人を助けた時にもらったもの」

(一目惚《ぼ》れか)

「うっ」

言葉に詰まった。そうかもしれない。

一目見た時からその美しさに目を奪われた。

金色の長い髪、穏やかな物腰と、気品のある振る舞い。

全《すべ》てが「お姫様」の様な人。

「彼女、大丈夫かな」

（心配なのか？　なら会いに行けばいいではないか。羽を使って）

「どこにいるのかわからないから」

念のために羽を出して、ヘレネー姫の所ってワープを念じてみたけど、ウンともスンとも言わない。

多分はっきり「場所」を決めないとダメなんだろう。

「ご主人様」

ドアをノックする音とミウの声が聞こえた。

「どうした」

「失礼します。あの、ご主人様にお客様が」

「客？　どんな人？」

「えっと……お姫様？　なのかな」

「えっ」

胸が高鳴った。

お姫様って、まさか。

魔剣をひったくって、部屋の外に出る。ミウが後ろを慌《あわ》ててついてきて、言った。

「応接間にお通してます」

早足で応接間に向かう。

中に入ると。

「あっ……」

思わず声が出た。

そこにいるのはヘレネー姫じゃなかった。

その妹、イリス・テレシア・メルクーリ、イリス姫だった。

ちょっと肩すかしを喰《く》らった気分——だったが。

「カケル」

イリス姫の困った表情を見て、それが吹き飛んだ。

「姉上を助けに行ってほしい」

おれがソファーに座るなり、イリス姫がそんな事を言ってきた。

「姉上ってヘレネー姫の事か？　何があった」

「姉上は今前線に赴《おもむ》いておられる」

「ああ、確か慰問とか言ってたっけ」

ヘレネー姫を助けた時の事を思い出す。

「そうだ、蛮族の討伐戦、その前線だ。ほとんど平定されているので、王族の誰《だれ》かが出向いて慰問ついでに戦後処理をする話になっていたのだ。それで姉上が赴かれたのだが……」

「だが？」

「現地の指揮官が蛮族に寝返ったのだ。それで一気に話がひっくり返った」

「寝返ったって、じゃあヘレネー姫は⁉」

「守護騎士のフォティスがぎりぎりで異変を察し、逃がした。今は寡兵《かへい》で近くの砦《とりで》に籠城しているようだ――そこに行ってほしい」

「おれが？」

「そうだ。無論増援の軍を差し向けるが、編成に時間がかかっている。その前に姉上だけでも救い出してほしい」

姉上だけでも、という言葉は切実だった。

行間を読み取ると、籠城してる兵士達を全員見殺しにしてもヘレネー姫だけは助け出してほしい。そんな切迫感をイリス姫から感じる。

強い思い、間違いない。だからある疑問を感じた。

「いいのか？　おれなんかに頼んで。裏切られたばかりなら、もっと信用のおける人に頼むのが普通じゃないのか？」

「その扇子」

イリス姫はおれの腰の辺りを指す。そこに肌身離さず持っているヘレネー姫の扇子がある。

「姉上のものだろう？　カケルと最初に会った時も、そして今も。ずっとその扇子を腰に差していた。大事そうに。そのカケルならば、と思ったのだ」

「そっか」

扇子に触れる。確かにこれは大事だ、そしてこれの持ち主——ヘレネー姫はもっと大事だ。

助けろと言われたら、もちろん命をかけてでも助けに行く。

そういう事ならとおれは納得した。

「それに」

「うん？」

首をかしげてイリス姫を見る。

それに——なんだろう？

イリス姫はおれをまっすぐ見つめた。

ぴんと伸ばした背筋、迷いのない顔で。

「わたしは、カケルなら信じられる」

不意打ちだ。その顔は卑怯《ひきょう》だ。

そんな目で見られたら、期待にこたえるしかない。

おれは馬に乗っていた。

ロイゼーンの街を出発して、馬を全力で次の街・レイウースまで走らせて、そこでイリス姫が手配した新しい——元気な馬に乗り換えて更に次の街に行って、また元気な馬に乗り換える――。

馬を次々と乗り換えて、全速力でヘレネー姫が籠城しているという、エウボイ地方の砦に向かった。

砦から一番近い街で馬に乗り換え、更《さら》に地図をもらう。

そうして到着した砦。

小さくて、木の柵で囲んだ簡単な砦だ。

(煙が上がってる、手遅れか?)

魔剣が頭の中で言う。

おれは目を凝らした。上がった視力で見えたものは、砦が包囲されてて猛攻撃を受けている光景だ。

おれはほっとした。

「まだ抵抗が続いてる、間に合ったぞ」

(そうか)

「お前を使わせてもらうぞ」

魔剣を握り締める。物騒な武器だけど、今はそれが頼もしかった。

(いいだろう。その代わり後で我の望みを一つ聞いてもらうぞ)

「手放したり誰かに危害を加えろとかいうのなら聞かないからな」

念押しして言う。

（ふっ。我の力、存分に振るうがいい）

魔剣の刀身から黒いオーラが漏れ出すようになった。

マリが体を乗っ取られた時と似た見た目。もちろんおれは乗っ取られてない。

が、なんとなくわかる。今のこいつは前より強い。剣としての強さが増している。

魔剣を握り締め、馬から下りて、敵に突っ込んでいった。

砦の門に向かって一直線に走った。

おれを見た兵士が戸惑うが、無視して、邪魔になったやつを斬り伏せて進む。

「敵襲」の怒鳴り声が聞こえた後、兵士があきらかな敵意を持ってわらわら群がってきた。

「ザコが！　どけえ！」

魔剣を振るって、向かってくる者を斬り捨てる。

斬りまくって、どんどん先に進む。

百人くらい斬り捨てると、砦の門にたどりつく。

門の向こうに顔見知りがいた。

「フォティス！」

「貴殿は――っ！」

ヘレネー姫を助けた時にいた騎士。フォティスは門の向こうでおれの出現に驚いた。

背後から兵士が迫《せま》るのを感じる。あまり余裕はない。

「イリス姫に頼まれてきた！　門を開けてくれ」

「イリス殿下が？　し、しかし」

フォティスは迷った。本当に開けてもいいのかという感じで。

「くっ」

背後から敵兵が襲ってきたので、振り向きざまに斬り捨てた。

門を背負って戦う形になった。

元々一番敵兵が群がってくるポイントだ。そこで戦うきつさは、敵の背後を突いて突破した時の比じゃない。

斬っても斬っても、波のように押し寄せてくる敵兵の圧力がすごかった。

このまま全滅させるまで戦うしかないのか、と思ったその時。

「フォティス」

聞き覚えのある声だ。振り返るまでもなく、誰のものなのかわかった。

ヘレネー姫。無事な声におれはほっとした。

が、フォティスは焦《あせ》り出した。

「殿下！　ここは危険です、お下がりに――」

「門を開けなさい」

「しかし――」

「開けなさい」

「……御意」

やりとりの後、門が開く音がした。

「今のうちに、早く」

「わかった。おおおおお！」

魔剣を両手で持って、頭上から真下に――地面に叩きつけた。

爆音と共に地面が揺れる。叩きつけたところに大きなクレーターができた。

敵兵が足を取られる。クレーターに戸惑って進めない。

その間おれは砦に入って、門が無事閉まった。

そこにヘレネー姫がいた。

「ヘレネー姫」

「カケル様」

しばし、見つめ合う。

「助けに来た」

思いの全てを込めて、言った。

姫は、大輪の花が咲いたかのように微笑《ほほえ》んでくれた。

16. 気持ちのままに

「殿下！」

フォティスが叫んだ。かなり切羽詰《せっぱつ》まった声だ。

ヘレネー姫が上を見た。

微笑《ほほえ》みが消え、顔が青ざめる。

おれも頭上を見た。

矢が雨の様にふってきてる。砦《とりで》の外に弓を構えた敵兵の部隊が見える。

あきらかにこの一点を集中攻撃している。ヘレネー姫の姿が見えたからしこたま射かけてきたんだろう。

「ふっ！」

魔剣を振って、ヘレネーに当たりそうな矢を全部はじいた。

次々と飛んできたけど、一本残さず打ち落とす。

あきらかに外れてる矢は放置した。

そいつらが地面に刺さる。ヘレネーとおれのまわりだけ、ミステリーサークルの様な安全地帯ができた。

「すごい……」

「なんという剣捌《さば》きだ」

ヘレネー姫とフォティスが舌を巻く。

矢は更《さら》に飛んできたけど、今度はヘレネー姫の方を向いて——矢に背中を向けて、来たものを同じ様に全部叩《たた》き落とす。

「おれが来たから、もう大丈夫」

「はい……」

ヘレネーは微笑みを取り戻した。

うん、それでいい。

が、今度はおれを見て顔色を変えた。

「その剣……もしやエレノア?」

「なんと⁉」

ヘレネー姫が言って、フォティスが目をカッと見開かせた。

二人はおれが持ってる魔剣をじっと見つめる。

「エレノア……ってこいつの事か?」

「魔剣エレノア。心を喰《く》らい、精神をむしばむ伝説の魔剣」

「あの形、そしてまがまがしいオーラ。間違いない、エレノア。お下がり下さい殿下!」

フォティスがおれとヘレネーの間に割り込んできた。

……うん、正しい。知識も正しいし、フォティスの行動も姫を守る騎士として正しい。

でもちょっと悲しくなる。おれがこいつを持ってても大丈夫なのは知らないから仕方がないけど、こうされるとちょっと悲しくなる。

説明して誤解を解こうとすると、

「フォティス様!」

今度は兵士の叫び声が割り込んできた。高い所に登って物見をしてる兵士だ。

「どうした!?」

「砦正面より敵兵の増援が来ました」

「これ以上来るのか……数は?」

「千人はいるものと思われます!」

「千! 裏切り者のキリルめ、ほぼ全《すべ》ての兵力をこっちに差し向けたか。そこまでして殿下の命がほしいか」

フォティスは忌々《いまいま》しげに吐き捨てた。

「くっ、かくなる上は——」

「それよりここに兵士何人くらい残ってる?」

フォティスが警戒した目のまま答えた。

「約……五十だが」

五十人か、それくらいならいけるかもしれない。ダメなら何回かに分けてやればいいだけだ。

「全員をここに集めてくれ」

「何をするつもりだ」

「いいから、早く」

おれは急《せ》かした。けど、フォティスは動こうとしない。

迷ってるのか。まったく、そんな時間なんてないだろうに。

「フォ――」

「フォティス。カケル様の言う通りに」

「……はっ」

ヘレネー姫が言った。するとフォティスは渋々従って、兵士に集合を命じた。

砦の門にかんぬきをして、ダッシュしてきた最後の兵士で全員が揃《そろ》った。

おれはワープの羽を取り出した。

「じゃあ、行きます」

「何を――」

聞いてくるフォティス。時間がないので無視した。

ここにつくまでの途中の事を思いおこす。敵がいない中で一番近い街、エウボイにまとめて飛ぶよう念じた。

景色が切り替わって、ちゃんとエウボイについた。

まわりを見た。

ヘレネー姫がいる、フォティスがいる、満身創痍《そうい》の兵士達がいる。

全員連れてきてる。成功だ。

「なっ、ここは……エウボイだと⁉」

「一体何が……？」

「後でゆっくり説明する。それよりいったんはここに飛んだけど、ここは安全なのか？」

念のためフォティスに聞く。

「あ、ああ。ここなら大丈夫のはずだ」

「そうか。じゃあここは任せる」

「任せる？　貴殿はどうするのか」

「ヘレネー姫。ちょっと行ってきます」

「ご武運を」

ヘレネー姫は即答した。

おれが何をしようとしているのかわかっているみたいだ。

ワープの羽を使って、砦に戻った。

「誰《だれ》もいないぞ、どうなってる！」

「こっちも死体だけだ！」

「バカな、さっきまでいたはずだぞ」

念のため、あらかじめ見繕《みつくろ》っといた物陰にワープした。

そこら中から男達のがなり声が聞こえる。

守る兵士がいなくなった砦の中になだれ込んだはいいけど、生きてる人間が一人もいない事にビックリしてるみたいだ。

「さて、やるか」

（何をだ？）

「ヘレネー姫を無事逃がしたし、こいつらをここで叩こうと思って」

（一人でか）

「ああ。フォティスは疲れてたっぽいし、部下の兵士達も満身創痍だ。おれ一人でやった方がいいだろう」

というのは口実で、本音は――。

（とかなんとか言って、ヘレネー姫にいいところを見せたいのだろう？）

魔剣はぴったり言い当ててきた。

「……心が読めるのかお前は」

(こんな行動をすれば誰《だれ》だってわかる)

……ま、それもそうか。

(ええかっこしいめ)

からかわれた。

ちょっとむっときたおれは魔剣を担《かつ》いで物陰を出た。

「！　ここに一人いたぞ！」

探索してる兵士に見つかった。そいつは大声で叫んだ。

まわりから敵兵がわらわらと集まってくる。

確か話だと千人くらいいって言ってたっけ。

はじめて相手をする数だ。今までで最高の数は魔剣が召喚《しょうかん》した死霊の軍勢で、あれは百体そこらだから、数的には十倍ってとこか。

なんとかなるだろう。ならなかったらワープで逃げればいいんだしな。

「ああ、いや」

おれは思い直した。

ワープの羽を取り出した。

目の前にいる敵兵、その後ろにワープした。

がら空きの背中を袈裟《けさ》懸けに斬った。

抵抗できないまま崩れ落ちる兵士。

横にもう一人いた。いきなりの出来事にビックリしたそいつも同じように、背後に飛んで背中をばっさりやった。

ワープ&スラッシュ。

(ひどい戦い方だ)

頭の中に響く魔剣の声、言葉とは裏腹に楽しそうだ。

おれは口元だけで笑い、更に敵兵に向かっていった。

真っ向から斬った。

攻撃をはじいてカウンターで斬った。

ワープして背中を斬った。

魔剣を振るって、手当たり次第に斬った。

斬って斬って、斬りまくった。

「うおおおお!」

後ろから兵士に飛びつかれた。いきなりの事で、勢いのまま前のめりに押し倒された。

「こんなこと――ぐおっ!」

下敷きになったところから起き上がろうとしたが、次から次へと飛びつかれた。

兵士の上に違う兵士が、その上に更に違う兵士が。

人が次から次にのしかかってきて、あっという間に小さな山ができあがる。

「いまだ！」

「誰かこいつをやれ」

完全に地面に押し倒されて、うまく力が入らず、起き上がれない。

別の兵士が近づいてきた。おれの頭めがけて槍《やり》を突き落とす。

ピンチだ。

そう、昨日までなら。

ワープの羽を使った。

積み上がった兵士達を残して、おれは一メートル横にワープした。

すっくと立ち上がる。何事もなかったかの様に。

魔剣を握り直して人の山に振り下ろす。

山を真っ二つにかち割った。

「な、なんだこいつは……」

「ば、化け物だ」

「こんなのと戦ってられるか」

それを見て、かなりの兵士が戦意を喪失して逃げ出した。

向かってくるのは斬り捨てて、戦意を喪失したのは放っておいた。

「ええい、どけ！」

しばらくして、兵士を押しのけて一人の男がおれの前に現れた。

格好《かっこう》が他の兵士と違う、鎧《よろい》がやたら立派だ。こいつらの指揮官か？

「お前は」

「おれはキリル・スラヴ。お前は何者だ！　ヘレネーはどこへ行った」

キリルと名乗った男。その名前に聞き覚えがある。

「お前がキリルか。ヘレネー姫を裏切ったっていう」

「それがどうした」

「いや、どうもしない」

どうもしないけど。

ザシュ！

魔剣を横に振った。キリルの首が飛んだ。

「生かしておく理由はもっとない」

キリルが死んだ。すると兵士達はたちまちパニック状態に陥って、我先にと逃げ出した。

砦の水場で返り血を落とした後、ワープでキリルの首を持ち帰って、フォティスに渡した。

フォティスはすごくビックリして、どうやったのかと聞いてきた。

斬って斬って斬りまくった、としか言いようがないので、その通りに答えた。

フォティスはメチャクチャビックリした。

それはどうでもよかった。

というか、さっきから胸の辺りがムカムカする。なんだこれは。

「わたしは」

「え？」

いきなり真剣なトーンになるフォティスを見た。

「はじめて戦場から帰ってきた部下によくこう言う。心をもてあましたら、女でも抱いてみろ、と」

「……」

何も答えないでいると、フォティスも何も言わないで去って行った。

言いたい事はわかった。ついでに胸のムカムカの理由もわかった。

よく聞く言葉がある。

たぎりを鎮《しず》める。と。

つまりこの胸のムカムカはそういう事で、鎮めるものなんだとわかった。

見透かされたのはむかついたけど、わからせてくれた事には感謝する。

もふもふしよう。

ミウをもふもふして、もふもふして、朝まで徹底的にもふもふしよう。

そうすれば収まるはずだ。

ワープの羽を取り出して、屋敷に飛ぼうとした。

「カケル様」

ヘレネー姫の声が聞こえた。近づいてくる彼女の方を向く。

「ご無事で何よりです」

「うん」

「あら、お顔に傷が」

「え?」

おれは自分の顔を触った。触った所がちょっとだけずきってした。

攻撃なんて一切受けてないはずなのに……もしかして組み敷かれた時に擦《こす》ったのかもしれない。

ヘレネー姫がハンカチの様なものを取り出して、おれの顔を拭《ふ》いた。

絹のハンカチ越しにぬくもりが伝わってくる。香りが鼻をくすぐる。

胸がムカムカする——たぎっている。

ヘレネー姫は拭いた後、おれの顔をじっと見た。

じっと見て——目をそっと閉じた。

その華奢《きゃしゃ》な肩に手をかけて。

おれは、ヘレネーにキスをした。

17. 全財産でお買い物

ヘレネーから離れた。うつむいて恥《は》じらっている。

チラチラおれを見る姿はものすごく可愛《かわい》かった。

「あの……」

「うん」

「王族の女は……生涯《しょうがい》一人の男、と決まってますから」

「うん？」

どういう意味なのか考えた。すぐにわかった。

おれが初めての相手、そしてこれからもおれだけ。

ヘレネーはそう言いたいんだ。

「うん、わかった」

「今すぐカケル様の元に行くのは難しいですが」

ヘレネーは悲しそうな顔をする。

「さっきの言葉だけで充分だ。待ってる」

「――はい！」

こうして、ヘレネーはおれの女になった。

☆

次の日、家の中でのんびりしているところに、ミウが何かを持って部屋に入ってきた。

「ご主人様、お手紙です」

「お手紙？」

ミウから封書を受け取った。表に見た事のある紋章が書かれている。

「サラマス商会からか」

なんだろう、こんなものを送ってくるなんて。

封書を開いて、中の紙を取り出す。開いた紙を見る。

（請求書、この娘の代金か）

頭の中でエレノアの声が聞こえた。字は読めないからどうしようかって思ってたから、ありがたい。

「そうか、ミウを買った時に請求書を後で送るって言ってたけど、それだったたか」

「わたしのですか？　……あっ」

なって思う。

「どうした」

「銀貨三百枚……わたしこんなに高いんですね」

「三百か」

相場はわからないけど、サラマスが今更《いまさら》ぼったくるとは考えにくいから、まあそんなものか

「よし、じゃあ払いに行くか」

ワープの羽を使って、銀貨三百枚を持ってサラマス商会に行って、ミウの代金を払った。

銀貨の枚数がちょっとかさばって、持っていくのが大変だった。

「確かに、銀貨三百枚頂きました。こちらが権利書でございます」

サラマスからびっしり文字が書き込まれた立派な紙をもらう。

「今度とも当商会をごひいきに」

「ああ、何かあったら頼むよ」

「そういえばユウキ様、近々王国が新しい貨幣を発行するという噂《うわさ》をご存じですか」

「へえ?」

ちょっとびくってなった。

多分おれがイリス姫に提案した紙幣の話だ。

それならもちろん知ってるけど、とぼけておくことにした。

「初耳だなそれは、そういうのはよくある事なのか？」

「いいえ、国王が代替わりする時以外、基本的にはありませんな」

「そうなのか」

紙幣の噂について色々聞いた。基本はおれがイリス姫に提案したものを、更にぼかしたものだった。噂って事を考えればそんなもんだろう。

唯一、金の単位を決めるという話は新しかった。多分円とかドルとか、そういう名前をつけるんだろう。

「ところで、先ほどから気になっていたのですが。ユウキ様が腰に差しているその剣はもしかして……」

「うん？　ああ、エレノアの事か」

魔剣を持ち上げ、サラマスに見せた。

最近は大分大人しいし協力的だけど、他人に触られると危ないから、肌身離さず持ち歩く様にしてる。

「やはり魔剣エレノア。その様なものをお持ちでしたとは」

「言っとくけど、売らないぞ」

サラマスが商人だって事を思い出して、念押しで言った。

商会を出て、ワープの羽で屋敷に帰ろうとすると、ポケットの中に何かが入ってる事に気づく。

取り出すと、おれはビックリした。

くじ引き券だった。前の十一回連続くじ引きで券を使い切ったはずなのに、なんでポケットの中に入ったんだ？

心当たりは――あった。

ミウの権利書。

銀貨三百枚で買ったミウ。その直後にくじ引き券が出た。

「ものを買ったからくじ引き券が、って事なのか？」

現代日本だと普通の話だけど、異世界だし、ちょっと変わったくじ引きだから確証は持てなかった。

だから、実験する事にした。

現金での財産は銀貨で二千枚近くある。

それを全部持って街に出た。

銀貨一枚を使って食事をしたけど、くじ引き券は出なかった。

仕立屋に行って、ミウのメイド服を何着か作ってもらった。十枚かかったけど、くじ引き券は出なかった。

あっちこっちの店で色々買って、かれこれ百枚くらい散財したけどくじ引き券は出なかった。

新しいくじ引き券、買い物が原因じゃなかったのか？

なら、後考えられる可能性は二つ。

サラマス商会でものを買ったからか、それか高額な買い物をしたからか。

「いらっしゃいませ。おや、ユウキ様ではありませんか。どうかなさいましたか？」

「ちょっとね、用意してほしいものがあるんだ」

「なんなりとお申し付けください」

サラマスは商人の顔で言った。

さて、まずは普通の買い物をしてみようか。

「家具がほしい。いくつか古かったりぼろかったりするから取っ替えたい」

「はい」

サラマスにとりあえず変えたい家具を言った。

「それらですと……銀貨二十五枚でいかがでしょう」

「頼む」

銀貨を二十五枚数えて、サラマスに渡した。

「毎度ありがとうございます。すぐに手配させていただきます」

「頼む」

言って、ちょっと待った。

くじ引き券は出なかった。

サラマス商会と関係ないのかな、だとしたら値段?

おれはもう一つ、考えてきた事をサラマスに言った。

「絵画がほしい」

「絵画、でございますか」

「そう、応接間にかけるような、額縁に入った絵画。絵のことはよくわからないから、三百枚で見繕《みつくろ》ってくれ」

三百枚というのはミウと同じ値段。くじ引き券が出たかもしれない値段だ。

「承知いたしました」

「じゃあ、これ三百枚」

「確かに頂きました。こちらは調達に時間を頂く事になってしまいますが……」

「任せる」

高い買い物だしざっくりした注文だからそんなもんだろ。

そんな事より、むしろくじ引き券だ。

おれはポケットの中をまさぐった。

すると。

「あった」

さっきまでにはなかった、新しいくじ引き券が出た。

ミウのやつと合わせて、これで二枚目だ。

という事は……高い買い物でもらえるのか。

そうと決まったらもう遠慮はしない。

おれがくじ引き券を持ってるのを不思議がってるサラマス（くじ引き券は見えない）に向かって、残った銀貨を全部出した。

「銀貨で千六百枚くらいある、これで何が買える？」

「……ユニークな買い物ですな」

サラマスが半笑いで言う。

ごもっともだ、彼の視点から見れば確かにそうだ。

だけど、おれの視点からすると。

この金で買えるだけのくじ引き券をくれって言ってる様なものだ。

実際の買い物なんて、なんでもいい。

「少々お待ち下さい」

サラマスはいったん引っ込んで、トレイに載せた何かを持ってきた。

金の腕輪で、宝石がはめ込まれている。

「これは？」

「これは今、上流階級の殿方の間で流行《はや》っているものでして。ハーレムの女達につけさせて、自分の所有物だと主張するものでございます」

「へえ?」

「こちらは見本でございます。自分の所有物だと主張するためのものでございますので、お客様ごとに合わせたアレンジをしていくのでございます。基本、金の腕輪に宝石ですな」

面白《おもしろ》いなそれは。

ハーレムの所有物だって主張するアイテムか。

今のところ使う機会はないけど、買っておくか。

「じゃあそれ、千六百枚分」

「それだと四つになりますが、よろしいでしょうか」

「ああ」

残った銀貨を布袋と共に差し出した。

サラマスがそれを数える。

「確かに頂戴《ちょうだい》いたしました」

サラマスが言った瞬間、ポケットの中にまたくじ引き券が出た。

今度は五枚だった。

18. ギルドの依頼

買ったものを全部屋敷に配達してくれと言い残して、サラマス商会を出て、適当にぶらつきながら考えた。

多分、三百枚の買い物ごとにくじ引き券が一枚もらえる計算だろう。

細かい買い物は全部もらえなかった。

ミウの代金と絵画の代金の三百枚を支払った時に一枚ずつもらえた。

千六百枚で腕輪をまとめ買いしたら五枚もらえた。

なら、三百枚ごとにくじ引き券一枚って考えた方が理にかなってると思う。

そうなると、一つだけ気になる事がある。

くじ引きの景品リストを思い出す。

四等賞の、五割引き買い物券だ。

五割引きで買い物した時、三百枚ごと一枚なのか、百五十枚ごとに一枚なのか気になる。

くじ引きがしたい。

今のくじ引き券は計七枚、ここまで来たら後三枚ためて十一回連続で引いた方がいい。

となると銀貨九百枚、それはすぐにたまりそうにない。

ちょっと考えて、ワープの羽を使って移動した。

ロイゼーンとレイウースの街の間にある荒野。馬に乗って駆《か》け抜けた所だ。

そこで、エレノアに言う。

「例のゾンビ兵を出してくれないか」

(死霊の軍勢か？　いきなりどうした)

「いいから頼む」

エレノアはあのくじ引き部屋に行けたけど、確かこっちじゃくじ引き券が見えなかったんだよな。

説明するのが面倒だから、とにかく頼み込んだ。

(我をあごで使う気か、無礼にも程がある)

エレノアはそう言ったけど、直後に目の前に何かが徐々に形になっていった。

文句は言うけど、やらないとは言ってないらしい。

おれはエレノアを握り直した。

スケルトンとかゾンビとかを狩って、くじ引き券をゲットしたい。

そう、思ったけど。

「え？」

（え？）

おれとエレノアの声がかぶってしまった。

エレノアは召喚《しょうかん》したけど、スケルトン達は出てこなかった。

代わりに女の子が現れた。

メイド姿の若い女の子、どこかで見た記憶がある。

「……屋敷の幽霊か？」

つぶやくと、それが確信に変わる。

そう、見た目は屋敷で倒した幽霊だ。

ただしあの時の悪霊っぽい感じはなくて、透けてるように見えるけど、それ以外は普通の女の子だ。

（ここはどこですか？）

「……ロイゼーンとレイウースの間だ」

（ロイゼーンは知ってますけど、レイウースって？）

普通に会話が通じるようだ。

「エレノア、これはどういう事だ？」

(我が知りたいわ！)

「ゾンビ兵は？」

(さっきからずっと召喚しているが反応せん。なんだ？　こんな事今までなかったぞ)

どうやら嘘《うそ》じゃないっぽい。頭の中に響くエレノアの声はいかにも困ってるって感じがするから。

「試しにゾンビ兵を出し入れする感覚でこの幽霊を出し入れしてみろよ」

(わかった)

メイドの幽霊がいったん消えて、まだ現れた。

いったん消えて、また現れた。

「できるみたいだな」

(何故だ？)

「おれが知るか」

おれにわかるのは、エレノアの召喚がゾンビ兵からこの女の子幽霊になったって事。

それと、くじ引き券を楽にゲットする方法がなくなった事だ。

(あたしはタニア、タニア・チチアキスっていいます)

「タニアか、おれは結城《ゆうき》カケル。おれの事はわかるか？」

タニアはおれの顔をじっと見てから。

（ああっ、屋敷に入ってきた人！）

「ああ、覚えてるのか」

（今思い出した。──って、あたし屋敷から離れてる⁉）

「今まで離れられなかったのか？」

（うん、ずっとあそこに閉じ込められてたの。つまらなくて、外の人間が楽しそうに見えて、それで段々腹が立ってきて、恨《うら》むようになってってって）

「早い話が地縛霊になった、って事だな」

大体話が見えた。

理由はわからないけど、エレノアを介して地縛霊を屋敷の外に連れ出すことができたって事だ。

（もしかして、カケルがあたしを屋敷から連れ出してくれたの？）

「確証はないけど、多分そうかなって思ってる」

（本当⁉　ありがとう！）

タニアが抱きついてきた。幽霊なのに抱きつけるのか。

（ありがとね、カケル！）

タニアの明るい笑顔を見ると、スケルトンとかゾンビとかよりも、こっちの方が断然いいって思った。

屋敷に帰ると、アンドレウ商会のアンドレウが来ていた。

いつも山ウシを買い取ってもらってるけど、そういえば屋敷で会うのははじめてだ。

応接間で向かい合って座る。

「なんか用事なのか？」

「頼みたい事がある」

「山ウシの事か？」

「いや、そっちはまったく問題ない……が、できれば山ウシをおいといて、今から話す頼みをやってくれると助かる」

「なにがあった」

「アレクシスの事は知っているな？」

「アレクシス……ああ、あの四人組の」

アンドレウは頷《うなず》いた。

アレクシスっていうのは最初にアンドレウ商会に入るきっかけになった四人組のリーダーの名前だ。

あの後もほぼ毎日山ウシの納品に商会に行ってたから、何回か会って、ちょっと話した事もある。

アンドレウ商会ではエースだったけど、おれに抜かれた男でもある。

「アレクシスがどうかしたのか」

「重傷を負った」

「む？」

おれは眉《まゆ》をひそめた。

「実は、数日前からある場所にモンスターが大量に発生するようになった。元々は何もない場所だったのだが、それが急に出た事で、ロイゼーンの冒険者ギルドに討伐の依頼が舞い込んだ。ちなみに冒険者ギルドはわたしも運営に関わっている」

冒険者ギルド、そんなものあったのか。

「モンスターはそれほど強くない。だけど増殖のスピードが尋常じゃなかった。冒険者ギルドは調査した後所属の冒険者をほぼ全《すべ》て投入した。そこで戦況が五分と五分になった」

「話が読めてきたぞ。そこにかり出されたアレクシスが大けがをした、って事だな」

「そうだ、更《さら》に言えばアレクシスのパーティー全員が重傷を負った。一月は動けない程の。アレクシスら四人が抜けた事で戦況が一気に悪くなった」

「つまり、おれになんとかしろと」

「そういう事だ。もちろん報酬ははずむ。正直冒険者ギルド創立以来の大ピンチだ、いくらでも払うつもりでいる」

「わかった」

おれは即答した。

モンスターを倒して報酬をゲット。

倒す最中でくじ引き券も手に入るかもしれない。

断る理由がどこにもない依頼だ。

討伐するにあたって、冒険者ギルドに冒険者として登録された。

ギルド所属の人間が倒したという形にしたいってことらしい。

それはいいんだけど……登録されたばかりのDランクというのがちょっと気にくわなかった。

最初はそこからってのはわかるけど、聞いてみたらアレクシスがAランクだって言うし、この件が終わったらランク上げしようって思った。

冒険者ギルドの人間に案内されて、モンスターが大量に発生してるという所に向かったけど。

「おい、なんかこの辺見覚えがあるぞ」

（……）

エレノアは答えなかった。

「それにモンスターってのも見覚えがあるぞ」

（――♪）

エレノアは頭の中で口笛を吹いた。

わざとらしいにも程がある。

案内されてやってきたのは何日か前にマリを助けた森の近く。

遠目に見える冒険者達と戦っているのは、スケルトンとかゾンビとか、見覚えのあるモンスター。

「お前後で説教な」

(我は悪くないぞ!)

黒いオーラを放つエレノアを抜いて、モンスターに向かっていく。

こっちに気づいたモンスターはおれとエレノアを見て、あきらかにびびった様子で後ずさった。

わるいが……兵士と違って、お前らは逃がさん。

19. 一人で戦況を変えられる存在

まわりをざっと見て、戦況を確認した。
冒険者側はあきらかに疲労困憊《こんぱい》だけど、それでもモンスターは次々と倒されている。
だけど倒した直後から新しいモンスターが湧いてくる。
たまに冒険者が一人二人やられる。
冒険者の補充はない。
その差のせいで、冒険者側が押されてるんだ。
なら――まずは数を減らす!
エレノアを持って先頭に駆《か》け出した。
冒険者とつばぜり合いしてるスケルトンを横から真っ二つに叩き割った。
「あなたは……?」
よく見るとぼろぼろの冒険者はおれの事を不思議そうに見た。
話してる暇はない。おれはすぐに次のモンスターの所に走った。
交戦してる所を見つけては間に割って入り、モンスターを一撃で倒す。

数を減らすついでに、こっちの被害がこれ以上出ないようにした。

戦場を駆け抜けた。おれが通った後はモンスターの死体が積み上げられた。

それを繰り返してると、戦況が徐々に変わってきた。

おれが助けた事で手が空いた冒険者が他の冒険者を助けに行った。

人数が増えて、共同して当たったらモンスターを倒せた。

それで倒す数が、ペースが上がる。

流れが変わった。冒険者側が押し返していた。

そんな時、一人の冒険者がおれに斬りかかってきた。

「おのれえええ！」

若い男の冒険者だ。大上段から振り下ろされた長剣をエレノアで難なく受け止める。

「貴様が魔物のリーダーか！」

「何言ってる」

「とぼけるな！　そんなまがまがしいオーラを放っておいて！」

男が忌々《いまいま》しげに言った。

……。

あー、うん、そうだな。

エレノアの黒いオーラはどう見てもそっち系だもんな。

つかこのモンスターの軍団、もともとこいつのだし。

誤解されても仕方がない。

ぶっちゃけこの男が正しいくらいだ。

「待って、その人は違うの！」

後ろから別の冒険者がやってきて、男を止めた。

見ると、さっきおれが助けた一人だ。

「何を言ってるんだおまえは」

「本当なの！　わたしを信じて」

男の動きが止まった。迷いがはっきり見えた。

説明してる時間はないので、これ幸いとそいつを放っておいて次に行った。

倒して、倒して、倒しまくる。

ある程度モンスターを倒していくと、ある事に気づいた。

遭遇《そうぐう》したモンスターが新しくなってる。これまでのと違って、戦った痕跡が見えないんだ。

つまり生まれたばかりだって事。

「これって、完全に倒すペースが生むペースを上回ったって事か」

(その様だ)

「で、生まれてくるのを完全に止めるにはどうしたらいい？」

多少余裕ができたので、エレノアに解決方法を聞く。

（さあ）

「さあって、お前の力なんだろ元々は」

（我の制御下にあったままなら息をするが如《ごと》く止められるのだが、外れたのは初めてだ）

「……」

おれは絶句した。微妙にある話で言い返せない。

「封印します」

横から女冒険者が言ってきた。今助けた魔法使い風の女だ。

「封印？」

「待機してるそういう能力者がいます。モンスターを一掃したら召喚《しょうかん》ポイントに行って、そこを封印する手はずになってます」

「つまりおれはこれを全滅させる事だけを考えてればいいんだな」

「はい！」

女冒険者は大きく頷《うなず》いた。

目はまっすぐおれを見つめている。

期待と信頼の目だ。

「そういう事なら、ギアを上げていくか」

「えっ、まだ本気じゃないって事ですか」

「まあな」

頷く。女はますますビックリした。

だって、今までは助けなきゃいけなかったんだ。

モンスターと戦ってる最中のやつを助けるのは骨が折れた。近接戦闘をしてる人はまだ間合いを取っているからいいけど、魔法使いや弓使いみたいなのは、助けに入った時はもうピンチで密着されてる事が多い。

全力を出せば巻き込むから、結構セーブして戦ってた。

だけどここからなら全力を出せる。

さあもうひとがんばり、ってなったところで。

「た、大変だ！」

「うわっ、なんだあれは！」

まわりから恐怖の声が上がった。全員が同じ方向を見てる。

おれも同じ方向を見た。

そこに、角と牙《きば》が特徴の、凶暴そうな面構えをした巨人がいた。

はじめて見るモンスターだ。

「なんだあれは」

(地獄の帝王サンドロス。我の……そうだな、切り札と言ったところか)

「地獄──大げさな名前だな」

(ちなみにあれ一体で戦況を変えられる程の力だ)

「おいおい」

ちょっと呆《あき》れた。ここに来てそんな隠し球かよ。

行ってるうちに、冒険者達がそっちから逃げてきた。サンドロスがいる方から逃げてきた。

「あんな化け物まで出るって聞いてねえぞ」

「あんなのにかなうかよ！」

それまで戦況が不利だった時でも逃げ出さなかった冒険者達が次々と逃げ出した。

地獄の帝王って言われれば納得するくらいインパクトのある見た目……まあ仕方がない。

パニックが伝染して、前線が崩れる寸前だ。

「あいつが今いる所がモンスターが生まれてくる場所だよな。さっきから思ってたけど、あそこってマリがいた洞窟の近くだよな」

(そのようだ)

「なら──」

もう一刻の猶予《ゆうよ》もない。このままだと総崩れになる。

おれはワープの羽でマリのいた洞窟に飛んだ。

「うわ！」

びっくりした。目の前に大きな壁が一瞬で現れたように見えたからだ。

一歩後ろに飛び下がる。そこでよく見ると、サンドロスの足だって事がわかった。

間近だから壁に見えたんだ。

そして視界が開くと、まわりに冒険者が十何人も倒れてるのが見えた。

サンドロスにやられたのか……こいつが出てきてそんなに経《た》ってないのに。

ふと、おれに気づいたのか、サンドロスがこっちを見た。

「ぐおおおおおおお！」

いきなり天に向かって咆哮《ほうこう》し、それからこっちを睨《にら》んできた。

「なんかいきなり怒り出してないか？」

「ぐおおおおおおお！」

「しかもお前をガン見してるぞ。お前の部下じゃなかったのか？　なんかしたのか」

(契約でしばって数百年もただ働きさせたのがまずかったかな)

「あきらかにそれが原因じゃねえか！」

そりゃ怒る。地獄の帝王と呼ばれたものがそんな扱いされたら怒るのは当然だ。

サンドロスが持ってる武器を振り下ろしてきた。

五メートル近い、ナタのような大剣だ。

エレノアを構えて受け止める。ガシーン。まわりに衝撃波が走って、倒れてる冒険者がふっ飛ばされる。

受け身じゃダメだ。

こっちからサンドロスにしかけていった。

二回目の斬撃がくる直前に飛んで、その腕を斬り落とした。腕は明後日《あさって》の方向にすっ飛んでいって、メキメキと木をへし折った。

「ぐおおおおおお！」

サンドロスは血走った目でますます叫んだ。

残ってる腕でパンチを放ってきた。それを避けて、腕を一気に駆け上がる。

肩まで来たところで、顔面に向かってジャンプした。

「ぐおおおおおお！」

更《さら》に咆哮、空気が、服の裾《すそ》がビリビリ震える。

おれはエレノアを構えて。

「お前に恨《うら》みはないが――ここは消えろ！」

両手でエレノアを振り下ろし、サンドロスの脳天をかち割った。

倒れたサンドロスは、最後まで血走った目でおれを睨んでいた。

「こいつも復活するのか？」

（時間が経てばな）

「今度はおれが恨まれるのか」

そう思ったけど、まあ仕方ない。

その後、残ってるモンスターを倒して回った。

戦況は加速度的に収束に向かい、やがて封印担当の冒険者が来て、モンスターが生まれるポイント――マリの洞窟に封印をしかけた。

一件落着、おれを中心に勝ち鬨《どき》が上がった。

20.ハーレムパーティー

ロイゼーンの街に戻ってきた。冒険者ギルドの中、ものすごい豪華な部屋。

「みんなから話を聞きました」

おれをここに案内したアンドレウが言う。

微妙に自慢げな顔をしてる。

「鬼神のごとき活躍だったそうで」

「気にするな、大した事はしてない」

「冗談をおっしゃいますな。控えめに見積もって、ユウキ様お一人で数百人分の働きをしました。冒険者達の意見、好意的なものもひがみの入った言葉でも、その一点においては共通しておりました」

ひがみなんてあったのか。

「それより大丈夫なのか？　あそこを封印したみたいだけど、なんかの拍子で封印が解けたりしないか？」

マリの事を思い出して、聞く。

フィオナもあそこには元々何もなくて、急にマリがそうなったって言ってる。

それに比べると今は封印されたものがそこに存在してるから、危険度はより高いはず。

それを聞くと、アンドレウは真顔で答えた。

「それについては、冒険者ギルドの最重要案件として扱う予定です。Bランク以上の冒険者をつけて、常に異変がないかを監視させる予定です。正直、ユウキ様がいらっしゃらなければあそこの戦線は突破され、増え続けたモンスターがロイゼーン、そしてレイウースの二つの街を飲み込んだでしょう」

（それだけですめばむしろ幸運だな。我の軍勢はかつての帝国を端から端まで蹂躙《じゅうりん》したのだ。時間を与えればこの国が滅んでいただろうな）

エレノアが微妙に得意げになってる。後でしばこう。

真顔のアンドレウを見て、更《さら》に気になったことを聞く。

「巡回させるんだな。それはいいけど、封印するより消滅させた方がよくないか？」

「そちらは困っていますが、方法を探らせる予定です。ギルドに所属している冒険者たちに最優先クエストとして動いてもらいます。大きな赤字になりますが、致し方がありません」

「そうか。おれも探しておく」

「やって頂けるのですか」

アンドレウの目が輝《かがや》いた。言葉通り、やってくれるなら嬉《うれ》しいって顔だ。

「ついでにだけどな。ぶっちゃけ他にやらないといけない事があるから」

「それでも結構でございます。ユウキ様なら片手間でも他の冒険者よりは期待が持てます」

大分持ち上げてくるな。

まあでも、話はわかった。アンドレウの口ぶりから本気度が感じられたからだ。

「それでなのですが……」

アンドレウは何故《なぜ》か急に口調が重くなった。なんか言いにくい事があるのか？

「どうした」

「ユウキ様には、できればこのまま冒険者ギルドに所属していただけないかと」

「冒険者ギルドに？」

「はい。ご存じの通り、冒険者ギルドというものは依頼を解決したギルドとしての功績と、そこに所属している冒険者の名声によって格の様なものが決まります」

ご存じじゃないけど、なんとなくはわかる。

「当ギルドは長らく、対外的にエースと呼べる冒険者が存在していませんでした」

「アレクシスは？」

聞くと、アンドレウはゆっくりと首を振った。

「彼も腕は立ちますが、決定的な功績を挙げたことはありません。また性格からか、大事なところでやらかす、や、やらかすことが多々あります」

「あー、そういう人っているよな」

「ですので、エースとしては……」

アンドレウは言葉を濁《にご》らせつつ、更におれを見つめてきた。

アレクシスはダメだけど、おれなら、って強く思ってる顔だ。

正直、悪い気はしない。いやむしろ気分がいい。

「もちろん、相応の謝礼はお支払いします。当ギルドが支部を持ついくつかの街での便宜《べんぎ》を図ります」

実のある提案をしてきた。悪くない提案だ。

おれはアンドレウの提案を受け入れて、このまま冒険者ギルドに残ることにした。

話が終わって、ギルドの外に出た。

外は大分暗くなったし、ワープで屋敷に帰ろうとした。

「あの！」

そこに声をかけられる。

振り向くと、魔法使い風の女冒険者がいた。

「あんた……さっきの」

顔は思い出したけど、名前はそういえば聞いてない。

「イオ・アコスって言います！」

「イオか。おれは結城《ゆうき》カケル。カケルでいいよ」

「カケルさん……さっきはありがとうございました」

「うん。あんたは大丈夫だったか？」

「はい、カケルさんに助けてもらいましたから」

「……怪我《けが》してるみたいだけど？」

腕を指す。ちぎった布きれで巻いてて、血がにじんで赤く染まってる。

いかにも応急処置をしただけって感じだ。

「ちゃんと手当てはしなかったのか？」

「すみません！　カケルさんに会いたくて、つい……」

「ちょっと待って」

ポケットの中から魔法の玉（白）を取り出した。

それをイオに使う。玉が優しい光を放って、彼女の全身を包み込む。

「どうだ？」

「どうだって……あれ？　怪我が」

イオはビックリした。巻いた布をほどく。そこはまっさらな肌で、傷なんてどこにも見当たらない。

魔法の玉をはじめて使ったけど、結構効果があるんだな。まあ死んでなければ大抵どうにかなるって話だったしな。

「今のカケルさんが？　治癒魔法も使えたんですか？」

魔法じゃないけど、説明するのもなんなので適当にごまかしといた。

イオは驚いたり、目を輝かせたりと忙しかった。

「で、おれに会いたくてってどういう事？」

「はい！　あの……」

イオは言いにくそうにもじもじした。

やがて意を決したかの様に言ってきた。

「わたしをカケルさんのパーティーに入れて下さい！」

全力で頭を下げて、頼んできた。

ちょっとビックリした。

おれのパーティーに？　というか、おれがパーティーを？

パーティーを組むなんて、今まで一度も考えたことがなかった。

「あの、ダメですか？」

イオが顔を上げて、おそるおそる聞いてきた。捨てられた子犬のような目をしてる。

「いや、ちょっと予想外でビックリしただけだ。今までパーティーを組んだことがなかったからな。組もうって言われたのもイオがはじめてだよ」

「わたしがはじめて……」

イオはなぜか、微妙に嬉しそうな顔をした。

おれは考えた。

断る理由と、入れる理由。

断る理由は……何かあったっけな、って悩むくらいにない。

入れる理由。もし本当にパーティーを組んで仲間を入れるとなると、どうせなら男よりも綺麗《きれい》な人か可愛《かわい》い人がいい。

その分、イオは申し分ない。魔法使い風の格好《かっこう》でちょっと地味だけど、それでも充分なくらい可愛く見える。

そのイオはおれを見つめている。返事を待っている。

「わかった、パーティーを組もう」

「――っ！　ありがとうございます！！！」

イオは宝くじでも当たったかの様な喜び様だ。

「詳しい話は明日にしよう。おれの屋敷に来てくれ」

「はい！」

屋敷の場所を教えて、イオと別れた。

女の子とパーティーか、うん、落ち着いて考えたらちょっとワクワクしてきた。

ワクワクした気分のまま、屋敷に帰る。

ちなみに、どこから聞きつけたのか屋敷の前にも何人か男の冒険者が待ち伏せしてて同じ事を言ってきた。

中には目をきらきらさせて、いかにも尊敬してます！　って目の人もいたけど……男だったから全員断った。

21. もう一枚あれば

夜、屋敷の風呂場。

二十人は余裕で入れる銭湯みたいな風呂の中で、ミウに背中を流させていた。

「んしょ、んっしょ……」

タオルを巻いて、一所懸命背中をごしごししてるミウが健気《けなげ》で可愛《かわい》かった。

「もうちょっと強くやって」

「はいっ！」

注文を出すと、ミウは言われた通り力を入れて強くこすり始めたけど、それは長続きしなかった。

力が徐々に弱くなってって、「ふみゅ……」と泣きが入る。

だけど、泣き言は言わなかった。

たまに深呼吸&息を止めて力を強くしてごしごししてくる。

それでバーストかけたけど、またすぐに息切れして力が弱くなる。

一所懸命やってくれてるのはわかる。だから不満はない。

「ミウは何かほしいものはないか」

雑談代わりに聞いてみる。どうせこれからは金をどんどん使っていくんだ。

「んしょ……ほしいもの……んしょ……ですか？」

「ああ、なんでもいいぞ」

「本当に……んしょ……なんでもいいんですか？」

「おう、言ってみろ」

もう一回後押しすると、ミウが遠慮がちに言った。

「垢《あか》すりが……ほしい、です」

「垢すりぃ？」

語尾が変な感じで上がった。あまりにも予想外な答えだったからだ。

「ご、ごめんなさい。今のは——」

「いや怒ったわけじゃない。どんな垢すりなんだ？」

「えっと、手袋みたいな形で、ざらざらして、ごしごししたら垢がいっぱいとれてすごく気持ちがいい垢すりです」

ミウが説明した。

聞いてて何となくワクワクしてくる。してくるんだが……。

「それ、いくらくらいなんだ？」

「えと、銅貨で――」

予想通りメチャクチャ安いものだった。ぶっちゃけ換算すると百円くらいの値段のものだ。

「百均レベルのものをねだるのか」

思わずつぶやいてしまった。それくらい困惑した。

「ダメですか？」

「ダメじゃない。というかそれは買っとけ。生活費とか預けてるだろ。そういうのは遠慮なく買っとけ」

「はい！」

背中に目はついてないけど、満面の笑顔が簡単に想像できそうな明るい返事だ。

ごしごしが続く。

ふと、ドアノッカーの音が聞こえた。

玄関の音で、ミウは聞こえてないから教えてやった。

「ミウ、誰《だれ》かがドアをノックしてるから。見てきて」

「えっ、わ、わかりました！」

ミウは慌《あわ》てて風呂場を出て、メイド服をいそいそと着て、玄関に小走りで行った。

途中で転んだ音がした。軽く泣きが入ったけど、それでもめげずに玄関に向かっていく。

メイドを増やすか。ミウ一人じゃ負担が大きすぎる。

大きな買い物だから、銀貨三百枚＝くじ引き券一枚はきっちり越えるようにサラマスに注文しとこう。

しばらくして、ミウがバタバタと戻ってくる。

「ご主人様、お客様です」

「どんな人でなんの用？」

「えっと、冒険者？　っぽい男の人です」

「……ああ」

何となく察しがついた。そういうのがまた来たのか。

「用件を聞いてきて。パーティーの話なら断って帰ってもらえ」

「わかりました」

ミウは言われた通り玄関に行って、ちょっとしてから戻ってきた。

やっぱりパーティーに誘いにきた男みたいで、また出直すって言い残していった。

出直されても断るだけだが。

その後ミウにしっかり背中を流してもらって、気持ちよく風呂に入った。

湯上がりの着替えまでフルコースでお世話してもらって、疲れが完全にとれた気がした。

代わりに、ミウがへとへとになった。

「ミウ」

「はい、なんですかご主人様」

おれに名前を呼ばれると、気合入れてシャキーン、ってなる姿がいじらしかった。

「もふもふするぞ」

「――はい！」

ミウは一瞬だけ驚いて、すぐに満面の笑顔になった。

その晩、ミウをゆっくりじっくりともふもふした。

☆

翌日、モンスターと戦った場所に飛んだおれは、そこを満遍なく探し回って、くじ引き券を拾った。

買い物でたまったくじ引き券と合わせてまた十枚がたまったから、早速くじ引きに行った。

くじ引きの部屋には先客がいた。見覚えのある男だ。

「おっ、あんたはあの時の」

「触手の……」

男は商店街のくじ引きで、おれの前に一等を当てて、「触手」っていうスキルをゲットしていった男だ。

「そっか、そっちも異世界に来てたんだ」

「ああ」

「うまくやれてるか？」

「ぼちぼちかな」

「ぼちぼちか。あれもぼちぼちか？」

おれの背後を指さした。一緒に連れてきた、人型のエレノアを指した。

なんかにやにやしてるから、色々誤解されたかもしれない。

どうでもいいから、適当にごまかしとく事にした。

「で、ここに来たって事は、あんたもくじ引き券集めてきたのか」

「ああ」

「そうか。悪いがおれが先に来たから、先に引かせてもらうぜ」

「うん」

頷《うなず》いてやると、男はスタッフの方に向かっていった。

そして、くじ引き券の——束《たば》を渡した。

「ねえちゃん、百枚だ」

「ちょっと待ってくださいね——はい、百枚丁度《ちょうど》です。百十回どうぞ」

「よーし、前は三十枚だったけど、今度こそ当たりを引いてやるぜ」

男の意気込み、その内容を聞いておれはビックリした。

百枚に、前回は三十枚？

ってことは合計百三十枚を集めてきたのか？　こっちは今回ので合計二十枚だってのに、一体どうやって。

……後で集め方を聞いといた方がいいかもしれないって思った。

男は意気込んで、抽選器を回した。

ガラガラガラ、ポトッ。

抽選器が回る音と、玉が落ちてくる音が続いた。

黒が続いた、たまに白が出た。

ほとんどが参加賞で、申し訳程度に五等が出る。

それが——百十回も続いた。

「ああ、くそっ！　今回も全部外れかよ」

「残念でしたね」

「しょうがねえ、白が結構出たのがせめてもの救いだ。これを女騎士達に使ってやるぜ」

なんかとんでもない事を言ってるような気がしたけど、聞かなかった事にした。

男が袋をもらって、魔法の玉をつめた。

おれはありったけの十枚を取り出して、スタッフに渡した。

「十枚だけなのか?」

男が横から聞いてきた。

「集まらなかったんだ」

「そんなんじゃあ甘いよ。今の見てただろ? 十枚程度じゃ当たらないぞ」

「だな」

ちょっと苦い顔をした。さすがにアレを見た後じゃ引く気が失せる。

せっかく来たし、使ってしまった白玉の補充だけでもして帰ろう。

そんな事を思って、抽選器を回した。

ガラガラガラ、ボトッ。

「……えっ?」

「嘘だろおおお⁉」

男は頭を抱えて、盛大に悲鳴を上げた。

一発目に出たのが――黄色の玉。

ハンドベルがなる。

「おめでとうございます、四等です」

スタッフが祝福すると、男がますますうめいてしまう。

背後で一部始終見ていたエレノアが「ぷっ」って小さく吹き出した。

22. 入信

「くそ！　こうなったらもっともっとくじ引き券を集めてくる！」

男が悔しそうな顔をして、くじ引き所から飛び出した。

もっともっとって……百枚よりもっと集めてくるって意味だよな。

……何をしたらそんなに集められるんだ？　そもそも百枚はどうやって集めたんだ？

やっぱり今度会った時に聞いてみよう。

「こちらが四等、五割引き買い物券です」

スタッフが出してきたのは金色のカードだった。

そのままクレカのゴールドカードっぽいけど、質感が触った事もない様な不思議なものだった。

「これを買い物する時に相手に見せれば、なんでも五割引きになります。何回でも使えますが、一応受け取った人にしか使えないのでご注意を」

「羽とほとんど同じだな。わかった」

五割引き買い物券をしまう。

残りの十回をエレノアが引いたけど、全部魔法の玉だった。

☆

五割引きで買い物ができるようになったから、一つ試さないといけない事がある。

どれくらいの買い物をしたらくじ引き券がもらえるかって事だ。

前は三百枚ごとに一枚だった。

五割引きで、百五十枚ごとに一枚になるのかどうかを検証したい。

この前一気に使い切ってすっからかんになってしまったから、銀貨を三百枚稼《かせ》ぎたい。

なんで三百枚なのかというと、三百枚でくじ引き券二枚出るか試す方が無駄にならずにすむから。ダメだった時、百五十枚が丸ごと無駄になる。

それを考えて、くじ引き所から屋敷に戻り、山ウシの草原に移動しようとした。

「おはようございます！」

声をかけられた。イオだ。

イオは相変わらず魔法使いっぽい格好《かっこう》をして、おれの前に立った。

「おはよう」

「き、今日はどこかに行くんですか」

「ああ、これから山ウシ狩りにな……一緒に行くか？」

イオとパーティーを組んだことを思い出して、誘ってみた。

「はい！」

ものすごい笑顔で頷《うなず》かれた。そうか、そのために来たんだ。

「じゃあ行こう、こっちに寄って」

「え？　はい……」

イオは不思議そうな顔をしつつも、おれの近くに寄ってくる。

ワープの羽を出して、山ウシの草原に移動した。

「……えええええ」

盛大に驚かれた。予想通り。

「ここはどこですか？　さっきまで街にいましたよね」

「ここは山ウシが出現する草原。魔法でここまでひとっ飛びしてきたんだ」

アイテムだけど、魔法だって言っといた。

「ひとっ飛び……そんな魔法、聞いたことないです」

「おれしか使えない魔法だ」

「すごい……そんな魔法が使えるなんて」

「行った事のある場所にしか飛べないけどな」

「それでもすごいです！」

感激するイオと一緒に山ウシを探した。

そういえばパーティーを組むって何をすればいいんだろ。

「イオはどういう事ができるんだ？」

「攻撃魔法が使えます。得意は雷の魔法です。発動まで時間がかかるので、迷惑をかけてしまうかもしれないですけど」

「ああ、前衛が耐える時間が長くなるんだな？　その分威力が高いとか？」

「威力は並みくらいですけど、雷なので、相手の防御を無視して攻撃できます」

「電気だもんな」

なるほどと思った。雷の魔法か、おれにも使える様に、今度おれに向けて撃ってもらおう。

この世界じゃ魔法を喰《く》らって生き残れば使える様になる可能性があるんだよな。

あれこれ話してるうちに山ウシを見つけた。

「よし、まずは百枚」

おれはエレノアを抜く……が、山ウシの様子が変だった。

おれを見るなり後ずさって、そのままくるりと反転して、逃げ出してしまった。

「……え？」

キョトンとした。逃げ出した？

すぐに気を取り直して、ワープの羽で先回りして、山ウシを仕留める。

「なんだったんだ？　今の……」

倒れてる山ウシを見てつぶやく。

今までの経験から、こいつらは逃げる事を知らない動物だと思ってた。

凶暴で向こう見ずで、山ウシだけど、性格は猪突猛進そのものだ。

だから逃げた事には驚いた。

そうしてるうちに、イオが追いついてくる。

「すごい……山ウシが人から逃げるなんてはじめて見ました」

「おれもビックリしてる。さて、こいつを換金しに行くか」

ワープの羽を使って、山ウシとイオと一緒にアンドレウ商会に移動した。

ますますおれに腰が低くなるアンドレウに山ウシを渡して、代金が入った袋をもらう。

表に出て、イオと合流。

「カケル様」

さあ次行こうか、って考えた時に声をかけられた。

振り向くと、そこにヘレネーがいた。

ヘレネーはドレスじゃなくて、動きやすい軽装で、長い髪をポニーテールにしてる。

正直雰囲気がまったく違う。ちょっとした変装だ。

「ヘレネーか。どうしたんだその格好は」

「カケル様に会いたくて、ちょっと抜け出してきちゃいました」

「そっか。……うん」

ヘレネーをまじまじと見つめた。

お姫様の格好も綺麗《きれい》でいいけど、今の姿もすごくいい。

お淑《しと》やかさの上に活発さが加わってより綺麗に見える。

……正直、ちょっと見とれた。

「へ、変でしょうか。はじめてする格好なので、よくわからなくて……」

うつむきかけたヘレネーの手を引いて、そっと抱き寄せた。

「変じゃない、いい感じだ」

「ありがとうございます」

おれの腕の中ではにかむヘレネー。また見とれそうになる。

「もうちょっと狩りに行くんだけど、ヘレネーも来るか」

「ご一緒します」

ヘレネーは即答した。

イオの方を向くと、彼女は絶句していた。

「イオ？　どうしたんだ？」

「カ、カケルさん。その人はもしかして……ヘレネー様じゃないんですか？」

「ああ」

「もしかしてヘレネー様とそういう……」

「まあそういうことだ」

答えると、イオはますます驚いた。

ヘレネーはますますはにかんだ。

「お姫様と……カケルさんってすごい……」

「はい、カケル様はすごい方です。何しろ魔剣エレノアを持ちながら、それに心を飲み込まれず、使いこなしているのですから。わたしが知っている限り、歴史上ただ一人です」

「えっ？　エレノア？」

イオがビックリする。

「うん、こいつ」

おれはエレノアを抜いた。

（こいつと言うな）

エレノアが抗議したけど、軽く無視した。

「えええええ」

イオが大声を上げて盛大にビックリする。

まわりの注目を集めたので、慌《あわ》てて口を塞《ふさ》ぐ。

「そ、その剣ってあのエレノアだったんですか⁉」

「ああ、そうだ」

……こいつそんなにすごい剣だったのか。

「エレノア。歴史上何度も姿を現わし、死霊の軍団を率いていくつもの帝国を滅ぼしてきた伝説の魔剣。手にした者は力を得る代わりに例外なく心を破壊され尽くすっていう」

「もう軍団じゃないけど、幽霊なら」

エレノアを通してタニアを召喚《しょうかん》した。

「こんにちは、タニア・チチアキスだよ」

すけすけのメイド幽霊が二人の前にちょこんと顔を出す。

人前だからすぐに引っ込ませる。

「すごく強くて……お姫様とそういう関係で……魔剣に乗っ取られず普通に使って……すごいです！　カケルさんすごくすごいです！」

イオはその言葉を連呼した。すごくすごいとか、ちょっと言葉が破綻《はたん》しかけてきてる気がする。

（入信しそうな勢いだな）

エレノアが頭の中でクスクス笑う。

なんか本当にそうなりそうな勢いだな。
悪い気はしないけど。

23. 倒してしまっても構わんのだろう?

ヘレネーとイオ、二人を連れて草原を歩いていた。

おれの目的はもちろん山ウシ。それを狩って換金する事。今日はまだ一頭しか狩れてなくて、稼《かせ》ぎが全然足りてない。

「千人の部隊に一人で挑んだんですか」

「はい。半数近くは見逃しましたけれど、見逃して頂いた兵士もほとんどがトラウマを訴えて兵士をやめました……驚かないのですね」

「わたし見てますから。カケルさんがモンスターを大量にやっつけたのと、サンドロスを一人でやっつけたところを。だから」

「サンドロス。あの地獄の帝王サンドロスですか」

「はい！　だから千人なんて驚きません。カケルさんやっぱりすごいなあ、とは思いますけど」

おれの後ろで、ヘレネーとイオがなんか仲よく雑談している。早速意気投合したみたいで何よりだ。

それはいいんだけど……山ウシが見つからない。結構歩いてるのに、一向に見つからない。

さっきも見つかった瞬間逃げ出された。

考えたくないけど……。

(避けられてるのではないか)

エレノアが言った。

「やりすぎたのかな」

そうかもしれないと思った。もしかして山ウシの間じゃおれは危険人物として認識されてるのかもしれない。

もうちょっと歩いて、ようやくの事で山ウシを見つけたけど、今度は先客がいた。

いつだったか見た、十人くらいいるみんなが同じような鎧《よろい》をつけた傭兵《ようへい》団だ。

せっかく見つけたのに残念だ——と思ったら更《さら》にショックな事が起きた。

その山ウシと目が合った途端、傭兵団と戦ってる山ウシが急に反転して逃げ出した。

おれを見た瞬間、目の前の敵をも無視して逃げ出した。

……こりゃもうダメだ。

☆

街に戻って、ヘレネーとイオと一緒にアンドレウ商会にやってきた。

さっきの事をアンドレウにそのまま話した。

「それはそれは……」

アンドレウはハンカチで額の汗を拭《ぬぐ》って、なんともいえない微妙な顔をした。

「確かにユウキ様はやりすぎたと言えばやりすぎたかもしれませんな。ここ数日だけでも、お一人だけで数百人分の働きをなさってましたから」

「もし本当にそうなら山ウシ狩りはしばらく無理かもしれない」

「はい」

「で、他になんか稼ぎになるものはないか？　できれば割がいいものを」

「そうですな……」

アンドレウは真顔で考え込んだ。

しばらく考えて、顔を上げておれの後ろにいるイオを見た。

「あなたは確か、Cランクのイオ・アコスでしたな。雷魔法が得意な」

「はい」

頷《うなず》くイオ、声がちょっと困ってる。

なんでこっちに来たんだ、という反応だ。

「ユウキ様とパーティーを？」

「はい」

「雷魔法の使い手がいれば……稼ぎになるものがないわけでもないのですが」

「歯切れが悪いな」

「なにぶんかなりの危険を伴いますので」

「とりあえず聞かせてくれ」

「はい。オリクダイトの採掘でございます」

採掘？　なんとかダイトって事は鉱石の一種かな。

あまり危険に聞こえなかったけど、背後でイオが息を飲んだのが聞こえた。

「アンドレウさん、それは流石《さすが》にちょっと……」

「わかってます。ですがユウキ様が『割がいい』とおっしゃいましたので」

「それはそうですけど……」

イオは複雑そうな顔をしておれを見た。

彼女にそんな顔をさせてしまうオリクダイトの採掘とやらが、おれは気になった。

☆

山ウシが生息する草原に三人で飛んで、その先にある岩山に徒歩で向かった。

「オリクダイトっていうのは、あの山でとれる魔造鉱石の名前です」

「魔造？　魔法で作った鉱石って事か？」

「あそこに住んでるオリクトっていう魔物がいるんですけど、その魔物はいつも特殊な濃い魔力を漏らしてるんです。ほとんど物質化してるくらいの魔力を。その魔力が巣のまわりの岩にこびりついては乾《かわ》いて、こびりついては乾いて。それが何百・何千層と重なったものがオリクダイトです」

「見た事があります」

ヘレネーが続けて言った。

「オリクトが放つ魔力は日によって異なりますため、重なった層が虹《にじ》色にも似た美しい模様になっていました。神秘的で、とても美しかったと記憶しています」

「なるほどね」

なんとなくそれを想像した。説明からして、木の年輪がカラフルになったものって感じなのかな。

「それが高いのか？」

「ええ、美しさもさることながら、採取の難易度が非常に高いと聞いています」

「ぶっちゃけ、オリクトって不死身なんです」

「不死身⁉」

その単語にはさすがに驚いた。

「ものすごく強いだけじゃなくて、どんなに攻撃されてもすぐに再生しちゃうんです。唯一の弱点が雷で。雷の魔法で攻撃するとしばらく動きが止まるんです」

「なるほど、動きを止めてその間にせっせとオリクダイトを採取、って事か。で、アンドレウがこの話をしたのも、イオが一緒にいたからなんだな」

「はい、わたしが雷の魔法を使える事を知ってたみたいですから。雷魔法が使えないパーティーだと死にに行く様なものって言われてるくらいですし」

そんなにか。

言いたい事はわかる。パーティーを組んで強敵を倒しに行く時って、それに合ったメンバーなり装備なりを揃《そろ》えて行くのが一般的だ。

オリクトってモンスターの場合だと雷魔法一択って事になる。

「わかった、じゃあそいつと会ったらおれが足止めするから、イオはその隙《すき》に雷魔法を唱えてくれ」

「はい」

前衛が食い止めてる最中に魔法使いが弱点の魔法を叩《たた》き込む。

オーソドックスな戦法で、イオはためらいなく即答した。

「で、ヘレネーにはこれだ」

おれはポケットから魔法の玉（黒）を取り出して、全部ヘレネーに渡す。

「これは？」

「攻撃用のアイテムだ。相手に投げつければ発動する。ヘレネーの判断で使ってくれ」

「わかりました」

「それと、採掘もやってくれ」

「はい」

軽く打ち合わせをすませて、岩山を登って行く。

ふと気がつけば、まわりに妙なオーラが漂《ただよ》い始めた。

変に鮮《あざ》やかな緑色というか……それでいて触れても吸い込んでも特に何も感じない不思議なオーラだ。

「これか？　オリクトのオーラって」

「多分」

頷くイオ。更にちょっと進むと、岩壁があきらかに違ってきてるのがわかる。

たとえるのなら今までは剝《む》き出しの岩だったのに、そこはまるでペンキを重ね塗りした様に変わっている。

ここか——と思った時にそいつが現れた。

「オリクトです！」

イオが叫ぶ。

「よし、行くぞ！」

エレノアを握り締め、オリクトに向かって飛び出した。

ちらっと二人の女を見る。

二人の瞳《ひとみ》は、おれを信頼し切っている様に見える。

「エレノア」

（なんだ？）

「倒してしまうぞ、力を貸せ！」

二人の信頼を、いい意味で裏切りたかった。

24. 剣だけが取り柄じゃない

オリクトはパッと見、大きな岩だった。かと思えば溶岩の様にどろっとした様子でこっちに向かってきて、でも溶岩を連想させた割には熱さが一切伝わってこない。

岩の様な質感のスライム。そんな感想を持った。

飛び込んで、エレノアを振り下ろす。

「むっ！　硬い」

かなり本気の一撃は切っ先が数ミリめり込んだだけだった。

ドロドロと軟体動物の様に動く割に、そいつはメチャクチャ硬かった。

(来るぞ！)

「ちぃ！」

エレノアの注意で、そいつの体を蹴《け》って横っ飛びする。

刃を食い止めた次の瞬間、おれを飲み込もうとしたのか、体が大きくせり上がって「ガバッ！」ってしてきた。

「あの硬さで取り込まれたらひとたまりもないな」

（中からだと意外ともろかったりして）

「定番だな」

冗談っぽく言うが、試すつもりはさらさらない。

オリクトが体を伸ばして更《さら》に襲ってきた。

先端に鋭い牙《きば》の様なものが見える。飲み込む気満々だ。

横にかわして、がら空きのそこに、両手で構えたエレノアを上から振り下ろす。

鈍い感触がする。手がしびれた。

バットを全力で地面に叩《たた》きつけたくらいのしびれを感じたのに、伸ばしてきた体の三分の一も斬れてない。

「くっそがあああああ！」

叫ぶ。ありったけの力を込めて、エレノアの刃を押しつける。

「うおおおおおおおお！」

ガガガガガガ。刃と岩がこすれ合う音が続き、オリクトの体を両断した。

「すごい……」

背後からイオの声が聞こえた。それが聞きたかった。

が、浸《ひた》っている余裕はなかった。

「なっ――」

おれは驚愕《きょうがく》した。

全力を出して叩《たた》き斬ったオリクトの一部があっという間にくっついて、元のひとかたまりに戻った。

特性はスライムとほとんど同じって事か。

（なるほど、これは危険なわけだ）

エレノアの声が頭の中で響く。余裕があるけど、感心していた。

「……上等だ！」

息を吸って、エレノアを構え直して、オリクトに斬りかかる。

めった斬りにした。ガッガガッガッガッ。とにかくエレノアをオリクトの体に叩きつけた。

火花が飛び散り、岩のかけらが飛びかう。

更《さら》に気合を入れて叩いた。

「はあ……はあ……」

すっかり息が上がった頃《ころ》、オリクトはバラバラに——粉々になった。

「ここまですれば——」

（まだだ！）

「——っ！」

おれは驚愕した。目の前でオリクトのかけらが徐々に集まって、また一つに戻ろうとしている。

物理攻撃じゃらちがあかないのか。その上叩きすぎて手がしびれてる。もう一回同じ事ができるかどうかってレベルだぞ。

「カケルさん！　詠唱終わりました」

「──っ！　撃て！」

イオに叫んだと同時に、エレノアをガードに構えたまま飛び下がる。

空から稲妻が落ちて、オリクトに直撃。

そいつは動かなくなった。

そいつを見下ろす。ちょっと複雑な気分。

横にイオがやってきて、言った。

「すごいです、カケルさん、オリクトを一人でバラバラにする人、はじめて見ました。というかそんなの聞いた事ないです！」

イオは尊敬の目で──いや声も尊敬し切った様子で言うが、正直複雑だ。

できれば一人でこいつをやりたかったんだけど……。

「ごめんなさい、わたしぺらぺらと。早くオリクダイトをとってここから離れましょう」

「早くここから離れる？」

「はい。オリクトは今しびれてますけど、すぐに動けるようになります」

「結構復活早いのか？　そこに更に魔法を撃ち込んだらどうなる？」

「撃ってる間は動きを止め続ける事ができるんですけど、わたし一人じゃ……」

「……撃てる間隔が止められる時間より短いって事？」

イオは「ごめんなさい」と申し訳なさそうに謝ってから言った。

「オリクダイト採掘パーティーは最低でも魔法使い五人。安全確保のために七人以上が推奨《すいしょう》されてます」

「それくらいいないと回らないって事か」

「はい。一人でもできるといえばできます。一発落として、その間にとれるだけとって逃げるやり方です。それもすごく危険で、動きを止められる時間は結構まちまちですから、とってるうちに動けるようになったオリクトに襲われる危険が」

「なるほどな……わかった、とりあえずとれるだけとろう」

そういうことなら仕方ない、さっさととれるだけとって、ぎりぎりまでとってワープの羽を使ってとんずらしよう。

そう思って、二人と一緒に採掘を始めようとしたんだが。

「カケルさん！　う、動いてます！」

イオが大声を出す。なんとオリクトがもう動き出していた。

エレノアを構えてイオをかばうように前に出る。

「時間が短いぞ、こんなものなのか？」

「こういう時もあります……かなり短い方ですけど」

「イオの魔法は⁉」

「次まで時間かかります！」

イオは泣きそうな声で答えた。くそ、これじゃ採掘できない。

ワープの羽でいったん逃げて出直そう。

そう思った時、ヘレネーの姿が目に入った。

ヘレネーはずっと黙ったまま、オリクトと遭遇《そうぐう》した時からずっと黙ったままでいる。

目はこっちをじっと見つめている。表情は変わってない。

なんだろう――と一瞬頭に浮かんで、すぐに消えた。

頭の中に電流が走る。ひらめく。

おれは叫んだ。

「ヘレネー！　こいつに向かって魔法の玉を投げろ！」

「はいっ」

要請通り、ヘレネーはおれが渡した魔法の玉（黒）を取り出して、オリクトに投げつけた。

玉はへろへろと飛んでいって、岩のような体に当たる。

魔法の玉（黒）の効果は、投げつけた相手に弱点属性で魔法攻撃する事。

オリクトの場合、雷になるはずだ。

瞬間、玉がはじけた。電光が雷鳴を伴ってはじけた。

おれは――そこに飛び込んだ！

オリクトにしがみつく。一緒になって雷の魔法を受けた。

「カケルさん⁉」

イオの驚く声が聞こえる。当たり前の反応だ。

だけど、これでいい。ここまでは計画通りだからだ。

「大丈夫ですか、カケルさん」

心配そうに声をかけてくるイオ。その後ろについてくるヘレネー。

「大丈夫だ、大したダメージじゃない」

おれは体を動かして見せた。強がりじゃない、本当に大したダメージじゃない。

強いて言えば肘《ひじ》を角にぶつけたみたいにちょっとしびれるくらいだ。

「それよりも二人は採取をやってくれ、オリクトはおれが止めておく」

「えっ？　でも」

「こんな感じかな……？」

それでも心配そうなイオに、おれは大丈夫だっていう証拠を見せる事にした。

今までやったのと同じ様に、炎と氷の魔法と同じ感覚で、雷の魔法を使う。

動けないオリクトに、雷が落ちた。

「雷！　そっか、カケルさん魔法を受けたから」

「ああ、魔法攻撃を受けて生き残って、それで素質があれば使える様になるんだろ」

「はい！」

「つまりそういう事だ――それと」

更にイメージして、もう一発雷の魔法を撃った。

二発連続で、オリクトの体に落ちる。

「どうやらおれなら連発もできるみたいだしな」

当たり前の様に言う。

雷魔法の素質、そして連発する魔力（なのかな？）。

どっちもきっと、「全能力777倍」のおかげだ。

「だからここはおれに任せて、二人は採掘を」

「はい！」

「わかりました」

「ああ、持てる分量とか考えなくていいぞ、どうせ帰りはワープだからな」

二人に言って、おれはオリクトの方を向いた。

動き出したらすぐに魔法を叩き込めるように集中する。

微妙に予定してた展開と違ったけど。

「カケルさんって……どういう人なんでしょうか。剣も魔法も完璧だなんて……そんな人はじめて見ました」

「歴史を読み込めばわかりますよ」

「歴史？　なんで歴史なんですか？」

「歴史上にある英雄達の若い頃の逸話と、本当にそっくりな方ですから」

「なるほど！」

ヘレネーとイオの会話を聞いて、とりあえずはよしとした。

25. 街商会の限界

採取したオリクダイトをアンドレウ商会に持ち込むと、ものすごく驚かれた。

「こんなにも⁉」

途中でおれも一緒になって採掘したので、量はかなり多く、トラック一台分くらいあった。

「多かったか？」

「多い分には問題はありません、何しろあまりとれず、加工した後は飛ぶ様に売れるのであればあるだけ助かります……しかし」

アンドレウはおれと、それと後ろにいるヘレネーとイオを見た。

「山ウシの時もそうですが、お持ち頂いた量は普通その人数でとってこられる量ではありませんので」

「この人数だと大体どれくらいだ？」

「そうですな」

アンドレウはそこそこに大きなオリクダイトを手に取る。

「大体、これくらいのを二つか三つが限界ですな。オリクトを長い間止められればもちろん多く採取できますが、三人で使える魔法の回数、止められる時間には限りがありますので」

なるほど。

そういえばサラマス商会で判定してもらった時、おれの魔力量って普通の成人男性の百倍はあるって言ってたっけ。

「それに、持ち帰るための人手もいりますからな。大抵の魔法使いは肉体的に非力な上、魔力をぎりぎりまで使い切るとそもそも帰る時に苦労します」

そこはワープの羽のおかげだな。

とるだけとって、ワープで帰ってくるというやり方だからこそここまでとれた。

「いやはや、ユウキ様にはいつも驚かされます」

「これを買い取ってくれるって事でいいんだな」

「はい。山ウシと違って鑑定の必要がございますので、買取額は後日でも……」

「それでいい。というか、後一〜二往復するから、まとめて頼む」

「えっ？」

「え？」

なんだ今の「えっ？」は。

「ユウキ様、それはどういう意味で？」

「普通に今からまたあそこに行ってとってくるつもりだけど？」

「また……こんなにとって来られるので?」

「慣れたからもうちょっととれそうかな。ヘレネー、イオ?」

「はい! 掘るコツを覚えました!」

「少しだけ早く、綺麗《きれい》に掘り出せると思います」

ヘレネーとイオが次々に言った。

二人ともやる気満々だ。

「って事で、もうちょっと持ってこられ――」

「ちょ、ちょっと待って下さい」

アンドレウが慌《あわ》てた様子で、両手を突き出しておれを止めた。

なんだろう、本気で困ってるっぽいな。

「まずいのか? さっきは多い分には問題ないとか言わなかったっけ」

「ええ、言いました。実際いくらあっても仕入れた分確実に売れるものです」

「なら問題ないだろ」

「いえ、これほど高額のものをいっぺんに持ち込まれると、買い取ってお支払いするのが難しくなります。売れるとはいえ、売って現金にするまで多少の時間はかかります。加工に必要な時間もあります。当商会は山ウシが本業で、現金がなくてそれが回らなくなるのは避けねばなりません」

要するにキャッシュが足りないって事か。

売れるのはわかってるけど、今ある現金以上の仕入れはできない。

そういう事なんだな。

「ううむ……」

「悩んでるな」

「今の話で確信いたしました。ユウキ様のお力は当方のキャパシティを越えております。この先もきっと何かがある度に同じような事が起こるかと」

「……」

山ウシの時もこのオリクダイトの時も、早く稼《かせ》ぎたいがあまりにやりすぎたんだな。

前者は山ウシに避けられて、後者はアンドレウ商会の規模じゃ扱えないくらいの量をとってきた（とってくるつもりだった）。

「わかった、じゃあやめとく」

いうと、アンドレウはあからさまにほっとした。

鑑定が終わったら金は屋敷に届けてくれ、そう言い残して、おれは商会を出た。

☆

「流石カケルさんです」

街中を一緒に歩きながら、イオがよいしょしてきた。

確かに「流石」かもしれないけど、これはちょっと困る。

何日か前までだったらゆっくり稼いでもよかった。でも大きな買い物で、銀貨三百枚（か百五十枚）でくじ引き券一枚になるって知ったら、使うために稼ぎたいって思った。

それができないのは、正直きつい。

「カケル様」

「ん、なんだ」

「もしよければ、王家御用達の商人をご紹介いたしますが」

「王家御用達の商人？」

足を止めて、ヘレネーを見る。

「はい、我が国でも有数の豪商で、その財産は一国に匹敵すると言われている者です。その者なら今の様な話にはならないかと」

「国に匹敵するくらいの金持ちか」

「カケル様さえよければご紹介いたしますが」

おれはちょっと考えて、頷《うなず》いた。

なんにせよ、金儲《もう》けのコネを作っといて損はない。

「じゃあ、頼む」

「はい！」

ヘレネーは笑顔で頷く。

まぶしいくらいの笑顔。おれの役に立てるからこんな笑顔をしてるのかな。

愛《う》いやつめ。

☆

次の日の夕方、イオとの二人パーティー（ゆるゆる山ウシ狩り）を解散して屋敷に戻ると、敷地に何台もの荷馬車と、いかにも高貴な身分の人間が乗っていそうな豪華な馬車が止まっていた。

「お帰りなさいご主人様」

「ただいま。ミウ、表のはなんだ？」

「えっと、ご主人様にお客様です」

ミウはものすごく困った顔をした。

「知らない人か？」

「はい、はじめての人ですー。ご主人様はお留守ですって言ったけど、中で待たせて下さいって」

「へえ」

「あの、ご主人様」

「うん？」

応接間のある方角から、ミウに視線を戻す。

さっき以上に――更《さら》に困り果てたミウがおれの目の前にあるものを差し出した。

ブラシだった。作りのよいブラシで、パッと見ただけでミウのしっぽの手入れにぴったりなブラシ。

ただし、それはほとんどが黄金でできている。

黄金のブラシということだ。

「本物なのか？」

「すごく重いです……」

泣きそうな声で言う。

「じゃあ本物か……なんでそれくれたんだ？」

「わからないです。大したものじゃないけど、どうぞ……で渡されました」

（やるな、中にいるやつは）

「え？　どういう事だ？」

エレノアに聞いた。

(これが銀貨か金貨なら、袖の下を渡して便宜《べんぎ》を図ってくれというだけの話だ。貴族の屋敷の門番にたまにある。渡さないと来たという事すら伝えられない事もある)

「へえ」

(だがこれは話が違うな。黄金で、しかも贈る相手に合わせてこしらえたと見える。外堀を埋めに来たな)

「何者なんだろ」

おれは気を引き締めて、応接間に向かった。

ドアを開けて中に入ると、そこに一人の女が見えた。

身なりのいい——下手《へた》したらヘレネーやイリス姫よりも身なりのいい女。

女はおれを見るなり、立ち上がって一礼した。

「お初にお目にかかります」

顔を上げて、おれを見る。

「あなたは?」

「ヘレネー殿下のご紹介を受けて参上いたしました。わたくしデルフィナ・ホメーロス・ラマンリと申します。以後お見知りおきを」

「ヘレネーの?」

ああ、という事はこの人がヘレネーの言ってた商人なのか。

いや、その部下なのかもしれない。

見た目は結構若い女性だ。大人の女性だけど、パッと見「一国に匹敵する豪商」にはあまり見えない。

(流石だな)

エレノアが脳内でつぶやく。どういう事だ？

(ヘレネーを呼び捨てで聞いた瞬間、表情は変わらないが気配がわずかに揺れた。ヘレネーとの関係を感づかれたかもしれないな)

ヘレネーとおれの関係を察した……でも顔には出さない。

なるほど。本人にしろ部下にしろ、ただ者じゃないって事だけは確かみたいだ。

おれは気を引き締めて、デルフィナの前に座った。

26. おれがやる

「殿下からお話は伺《うかが》いました。取引をご所望との事で」

「ああ」

「でしたら、まずはこれを」

デルフィナは指をならした。部屋の外から男が二人（多分彼女の部下）が入ってきて、長方形の箱をテーブルの上に置いて、外に出た。

「これは？」

「銀貨二千五百枚。先払いですわ」

「先払い」

「当座の資金としてお使い下さいませ」

「ものは後で納品すればいいのか」

「ええ。当方はなんでも取り扱いますので、なんでもお持ち下さい」

「そうか」

二千五百枚か、五割引きがいい方に作用したらいいけど、そうじゃなかったらくじ引き券八枚分だな。

三千枚の方がよかったけど、まあそれはこっちの勝手な事情だ。

「ありがたく使わせてもらうよ。ものはどうやって納品したら？」

「明日、改めて人をここにやります。その者を窓口にして下さいませ」

「わかった」

とりあえず明日はオリクダイトをとれるだけとってきて、どこまで買い取ってくれるのか試そう。

「ところで」

デルフィナが話を変えた。

「そちらが例のエレノアなのですね」

「うん？　ああ、これもヘレネーから聞いたのか」

「よくできてらっしゃいますわね」

眉《まゆ》がぴくっと跳ねた。

「どういう意味だ？」

「言葉通りの意味ですわ」

「偽物だって言いたいのか？」

「あなた、今持ってらっしゃるじゃありませんか」

「？」

「エレノアに心を支配されない人間はいない。歴史上ただの一人もいなかった。覇王ロドトスも竜人オルガも例外ではなかった。ならば、実際に持っていて平然としている事が偽物の何よりの証拠」

なるほどな。

今までも何回か似たような事を聞かされたけど、それくらい前代未聞って事か。

まあ、それは仕方がない。

「ヘレネー殿下もまだまだお若いですから、致し方のない事」

カチーンときた。

前代未聞だから疑われるのは仕方ないけど、今のはカチーンときた。

それはつまり、ヘレネーが若くて世間知らずだから、騙《だま》されてるって意味か？

ヘレネーがおれを信頼してるのは世間知らずだからって事か。

カチーンときた。

ちょっと……お仕置きしよう。

「持ってみるか？」

エレノアを差し出した。

「あら、いいんですの？」

挑戦的な目だ、持ったらバレるぞ、っていう目。

「ああ」

デルフィナはエレノアを持って、まじまじと観察した。

「間近で見ると本当によくできていらっしゃいますわ、細部の出来など――」

瞬間、デルフィナの目が見開く。

全身がびくん、ってけいれんした後、黒いオーラが体から漏れ出した。

マリの時と似た様な状況。

「結構早いな、乗っ取るまでに」

おれは冷静だった。自分からやらせて、お仕置きだっていう分冷静だった。

そこまでは想定内だけど、予想外の事も起きた。

デルフィナがエレノアを振った。するとタニアが現れた。

エレノアに召喚《しょうかん》されたタニアはメイド服のままだけど、おどろおどろしい怨霊《おんりょう》と化している。

最初にこの屋敷で見た時と一緒だ。

「そっか、タニアもそうなるのか。後で謝ろう」

完璧にまきぞえだからな。

「うあああああ！」

デルフィナが叫び声を上げた。獣の様な叫び声だ。

血走った目は獣の様だ。

「どうだ？　本物だとわかったか」

聞くが、返事はない。

低いうめき声を喉《のど》の奥からならしているだけだ。

「マリの時よりも取り込まれているのか？」

あの時の事を思い出す。マリはエレノアに取り込まれても助けを求めてたな。

むしろ体は乗っ取られてたけど、意識ははっきりしてた。

その差はなんだろう、後でエレノアに聞いてみよう。

そんな事を考えてるうちにデルフィナがエレノアで斬りつけてきた。

同時に、タニアも氷の魔法を放ってきた。

前衛後衛のコンビは予想してなかった。斬撃は避けたけど、氷の矢が部屋を破壊する。

「だ、大丈夫ですかご主人様！」

部屋の外からミウの心配そうな声が聞こえてくる。

「大丈夫だ、ちょっと出かけてくるから、部屋掃除してて」

「えっ？　はい」

ミウに言いつけた後、デルフィナの懐《ふところ》に飛び込んで、軽く触れてからワープの羽を使う。

山ウシの草原に飛んだ。

夜の草原はだだっ広いだけで、他は何もない。

「ここなら被害の心配もないな」

完全に取り込まれてるのか、ワープしたのに、デルフィナはまったくビックリした様子はない。それどころかまったく同じ感じで斬りかかってきた。

三分後、デルフィナは地面に倒れて気を失っていた。

服はぼろぼろで、暴行後に見えかねない有様だ。

あくまでそう見えるだけで、何もしてないぞ。

素手と魔法で戦って、それでぼろぼろにしただけだ。

「まあ、これで懲りただろ」

(ひどい男だな貴様、我を便利使いするとは)

「気を悪くしたか?」

(いいや、楽しかったぞ。そのうちまた誰《だれ》かを乗っ取らせてくれ)

「考えとく」

やるとは言ってないが。

「タニアも大丈夫だったか?」

空中に浮かぶメイド幽霊に聞く。

「なんか疲れました……休んでもいいですか?」

「ああ、悪かったなまきぞえにして」

「ううん、じゃーね」

こっちは眠そうな声で言って、そのまま消えた。

おれはデルフィナの横にしゃがみ込んで、ペチペチ頬《ほお》を叩《たた》く。

「おーい、大丈夫かー。おーい」

ペチペチ。

「結構手加減したはずだぞー。おーい起きろー」

ペチペチペチ。

「起きないと悪戯《いたずら》するぞー」

「う……ん？」

目が覚めた。

ボウとした目でゆっくりまわりを見回して、おれを見て、自分を見た。

一瞬で目を覚ました。

ぼろぼろになって、大分エロくなった服を寄せて肌を隠して、地面の上をズザザと後ずさった。

顔が恥《は》ずかしさで真《ま》っ赤《か》になってる。

……ムラムラする。

「な、何をなさったの」

「覚えてないのか？」

「覚えて？　……屋敷の中でお話しして、エレノアを――あっ」

どうやら思い出したみたいだな。

「そう、エレノアをおれが持たせた。そこから先の記憶がないのか？　まあ大した事じゃない。エレノアに取り込まれたからボコッて取り戻しただけだ」

「だからこんな格好《かっこう》なのですね……」

「そういう事だ」

「……その剣、本当に魔剣エレノア？」

「もう一回持ってみるか？」

エレノアを差し出す。デルフィナはぷるぷる首を振った。

「もう、ごめんですわ。頭に残ってるこの黒いわだかまり……二度とごめんですわ」

「黒い、か」

エレノアのなんかが残ってるんだろうな。

「こんなもの……こんな」

ぶつぶつ言うデルフィナ。

予想以上の結果におれは満足した。

さて、エレノアが本物だってデルフィナにも思い知らせたし、屋敷に戻ろうか。

と思ってデルフィナを見ると、様子がおかしかった。

自分で寄せた服の裾《すそ》を摑《つか》んで、何か我慢してるように下唇を噛《か》んでる。

顔はますます赤くなって――よく見ればなんかもじもじしてる。

「デルフィナ?」

「――え?」

反応が鈍い。

どうしたんだろう。

(この女はそっちか)

「そっちって?」

(我の力を振るった者には何種類かの副作用が出る。どれが出るのかは人次第だがな)

「魔剣を使った代償《だいしょう》ってやつか」

(我が使ってやってるのだがな)

頭の中でクスクス笑いが聞こえた。

「で、デルフィナの副作用は?」

(発情)

「は?」

(発情)

「発情ってあの発情か?」

(他にどの発情がある。はっきりと数えたわけじゃないが、女の半数近くはこうなるな)

「発情……」

おれはデルフィナを見た。

そう言われると、もうそうとしか見えなかった。

顔が上気して、息が荒い。

目がとろーんとしてて、そのくせなんか苦しそうだ。

確かに、発情って言われるとその通りに見える。

(早く男をあてがってやった方がいいぞ。これを放置したら一晩で全身の血管が破裂して死ぬ)

「なっ」

おれはデルフィナを見た。

この女が、死ぬ?

それはいやだ。お仕置きはしても、殺すつもりはない。

むしろ、最初から「いい」って思って、ほしいって思ったくらいだ。

「男は誰でもいいのか?」

（ちゃんと最後まですればな）

「わかった」

おれはデルフィナに近づき、発情してる彼女を押し倒した。

既《すで》にぼろぼろの服を、一気に引き裂く。

おれは大人になった。

ビックリする事に、デルフィナはまだ子供で——一緒に大人になった。

27.豪商（チョロい）

身繕《みづくろ》いするデルフィナは色っぽかった。

ほつれた髪を直して、ほとんど布きれになった服をかき集めて、体を隠す。

布きれについた血を見て一瞬動揺した。

やっぱりそういう事だよな。

というか……流石《さすが》にこれはいたたまれない。

「ちょっと待ってろ」

ワープの羽で屋敷の自分の部屋に移動して、ベッドのシーツを引っぺがした。

「ミウ！　シーツ持っていくぞ」

大声で叫んで一応知らせてから、またワープの羽でデルフィナがいる所に戻った。

この間、およそ十秒。

戻った時、デルフィナがきょろきょろしてた。

「今のは――」

「それよりこれ」

シーツをデルフィナにかけた。

ベッドシーツで包んだので、とりあえずあの「暴行の後」感はなくなった。

包んだシーツをきゅって掴《つか》んで、でも背筋はピンと。

デルフィナは現れた時の表情で言った。

「礼を申します」

「あいや、破いたのおれの様なもんだし——」

「いえそっちではなく……助けられたのですね、わたくしは」

「え?」

「頭……あるいは胸でしょうか。あの黒くよどんだものがなくなっています」

エレノアの事か。

「前後の状況から見れば、何が起こって何故《なぜ》ここに至ったのか推測はできます」

「ああ。ほとんど想像したままだと思う」

「命を救って下さったお礼は近いうちに」

「命って」

「魔剣エレノア、本物の様ですわね」

おれの腰に下げられているエレノアを見て言った。

「らしいな」

（らしいってなんだらしいって）

エレノアが脳内で抗議した。うるさいからとりあえず放置する。

「魔剣の使い手……前代未聞、空前絶後」

絶後かはわからないけどな。

「それが本物という事は、ヘレネー殿下がお話しした事は全《すべ》て真実だという事ですわね」

「何を話したのか気になるな」

「単身で千人の兵を蹴《け》散らした、オリクトを魔法なしで足止めできた」

「ああ、それか」

後半のは怪しいけどな。息を止めて全力で走る様なもんだから、長続きしない。

でもまあ、一応真実ではある。

「それらもそれなりの事ですが、魔剣エレノアを使役する事に比べれば霞《かす》んで聞こえますわ」

「すごいんだ、こいつ」

（そう思ったらもっと敬《うやま》え）

幼女の姿を知ってるから無理。あれ可愛いもん。

「そうとなれば、私も考えを改めなければなりませんわ」

「うん？」

「ヘレネー殿下より、ユウキ様に便宜《べんぎ》を図るよう言われております。わたくしが全面的にバックアップいたしますので、何かあればお申し付け下さい」

「それは助かる」

「それに先ほども申し上げましたが、連絡役を……窓口になる者をおいていきますので、お使い下さい」

「わかった」

なんかやたらと事務的な話ばかりしてる。

まるで手元にカンニングペーパーがあって、それを読み上げているだけって感じだ。

身繕いしてる時の恥《は》じらいとか色っぽさはない、かといって屋敷ではじめて見た時の自信たっぷりの雰囲気もない。

ただただ、事務的な感じ。

なんかつまらないから、崩そうと牽制球を投げてみた。

「お前と会うにはどうすればいい」

「わたしと？」

「ああ。商売以外の話もできればしたい」

「……ユウキ様で七人目でございます。わたくしの事を『ほしい』、もしくはそれに近い事をおっしゃったのは」

ため息交じりに言われた。

おれは『ほしい』なんて一言も言ってないけど、まあそういう事だ。

会った瞬間からデルフィナをほしいって思ってた。

今ははじめての相手の彼女がますますほしいって思ってる。

「それらの話を断るために、わたくしは自分に値段をつけました」

「値段？」

「その値段さえ出せば、誰であろうとその者のものになると」

「ほしかったら買えってことか」

「はい」

「……その値段は？」

「わたくしの資産」

「え？」

「わたくしの資産をそっくりそのまま買い上げれば、その者のものになる、と」

「つまり……」

M&Aみたいなものか？　いや違うのか？

でもなんとなくわかった。デルフィナを買うには、彼女以上の資産が必要だという事が。

一国に匹敵するという、彼女を上回る資産を。

それは……結構時間かかるな。

どうしたらいいんだ？　ちまちまとおつかいをして小銭を稼《かせ》いでたんじゃ間に合わないよな。

なんか方法はないのか。

おれは考え込んだ。

「わたくしは相談も承っております」

「うん？」

いきなり何を言い出すんだ、と思って見ると、デルフィナは何故か真横を向いていた。

エレノアの毒は抜いた後なのに、まるでさっきの発情した時みたいに、耳の付け根まで真《ま》っ赤《か》になっていた。

「相談って、金稼ぎとかのか？」

「わ、わたくしを買うための相談や協力でも、申し付けて下されば承ります」

そう言って、顔を更《さら》に赤くした。

その反応はなんとなく知ってる。何か言ってから自分の「やらかした事」にものすごく恥ずかしくなった時の反応だ。

過去の黒歴史とかを思い出した時によくそうなる。

その反応をデルフィナがした。

おれのものになりたいのに、自分のプライドが許さない。

昔決めた事が邪魔してる。それを撤回する事も許されない。

意地っ張りだ。でもその意地っ張りが可愛《かわい》かった。

「決めた」

「な、何を？」

「デルフィナはさっき言ったな？　連絡役をおいていくって」

「ええ」

「それ、要らない」

「えっ」

言葉を失う。ショックを受ける。

まるで捨てられた子犬のようだ。

「連絡役なんか要らない。デルフィナがおれの屋敷に住め。そしたらもっと密に連絡も相談もできるだろ」

言うと、恥ずかしがったりショックを受けたりしていたデルフィナが、一瞬で元に戻った。

はじめて屋敷に来た時の、きりっとしたデルフィナに戻った。

「流石にそれはできませんわ。わたくしがいないと――」

「商売が回らないのか」

「はい」

冷静な顔で言う。でもすごく残念そうではある。

冷静なところは冷静で、現実も見えてる。

そんなところもいい。

やっぱりいい女だ、綺麗《きれい》でできる女。

ますますほしくなった。

「だったら」

デルフィナを連れて、ワープで屋敷に戻った。

「わっ」

おれがワープしてるところは見てたはずだが、一緒にワープしたのは正気の時は今がはじめてだ。

デルフィナは大いに驚いた。

「ここは？」

「おれの屋敷、寝室だ」

「い、一瞬で移動したのですか？」

「ちなみにさっきの場所まで徒歩で一時間はかかる」

「そんな事……魔法？　いえそんな魔法は存在しないはず……」

「送迎してやる」

「え？」

「デルフィナが仕事しやすい場所まで毎日送迎してやる。それなら問題ないだろ、おれの屋敷に住んでも」

「それは……そうですが。ですが――」

「いいからいろ」

「……はい」

強めに言ってやると、デルフィナはびくっとなって、押し切られそうになった。

返事してからまた「でも」って言い出しそうになったから、キスで口を塞《ふさ》いだ。

たっぷり唇を吸ってから、解放する。

「いいな」

「しょ、しょうがないわね」

弱めに押すと、しょうがないわね」今度はそんな風に言った。

まだ意地を張るけど、
むしろ可愛いくらいだ。思わず押し倒したくなるくらい。

だから押し倒した。

「だ、だめ……まだ買ってない」

「じゃあお試しだ、それならいいだろ」

「しょ、しょうがないですわね」

なんか意外とチョロかった。
でもそれが可愛いから、おれは朝までデルフィナを可愛がった。
こうして、屋敷に住人が増えた。
デルフィナ・ホメーロス・ラマンリ。
一国に匹敵する財産を持つ豪商がおれの女になった。

28. 期間限定くじ

サラマス商会を出たおれの手に十枚のくじ引き券があった。

屋敷のまわりの土地を銀貨三千枚分買うと言って、細かい事は全部サラマスに任せて、五割引き買い物券を使って千五百枚払った。

そしたら出てきたのがくじ引き券十枚だ。

五割引きで買っても、くじ引き券自体は元の値段でもらえるって事。

想定してたいくつかのパターンの中で、一番いいパターンだ。

今までは銀貨三百枚ごとに一枚のくじ引き券だったけど、これからは実質銀貨百五十枚でくじ引き一枚だ。

この調子ならもっと引ける。ガンガン集めていっぱい引ける。

というか、引きに行こう。

十枚のくじ引き券を握り締めて、あの場所を思い浮かべる。

一歩踏み出すと、目の前の景色が一変して、くじ引き所になった。

「おっ、なんか違うな」

幼女姿のエレノアが何故《なぜ》かおれに肩車した状態で言った。

エレノアの言う通り、くじ引き所の中はどこか違っている。

内装も、そこにいる見慣れた顔のスタッフも。

なんだか「めでたい」イメージだ。

「いらっしゃい、お客さん」

「どうしたんだ、これは」

「今日から期間限定くじ引きが始まります」

「期間限定くじ引き?」

「はい、今日から一週間だけ、くじ引きの景品がスペシャルラインナップとなります。普段は手に入らないものなので是非いっぱい引いて行ってくださいね」

「期間限定か、なんでまたそんな事を?」

「メルクーリ王国ってお客さん知ってますか?」

「ああ」

知ってるも何も、名前からしてヘレネーとイリス姫の国だよな。

「そこがですね、今度紙幣を発行するんです。これは結構大きなイベントなので、ここもそれにあやかって期間限定くじ引きをやってみたわけです」

「そんな理由か。でもそれとここって関係あるのか?」

「風《かぜ》が吹けば桶《おけ》屋が儲《もう》かります」

「ラーメン屋がバレンタインでイベントをする様なものか」

おれはなんとなくそう思った。まったく関係なくてもこじつけでイベントをするのはいかにも商売人らしい。

それはそれとして、おれは景品リストを見た。
・参加賞　能力貸し出し（五分、使い切り）
・三等　　能力貸し出し（三十秒）
・二等　　能力貸し出し（三分）
・一等　　能力貸し出し（一時間）
全部が同じで、ああ急ごしらえだな、ってわかる適当なラインナップだった。

「説明いたしますね。こちらはお客さんの能力を、自分が指定した人に貸し出す事ができるスキルになります。例えば前回一緒になったお客さんがいましたよね。その人がこれを使うと、触手を一時他の人に貸し出す事ができるんです」

「なるほど」

「お客さんの場合はちょっと違います。全能力○倍の人は、何か一つ能力を指定してそれを貸し出します。貸し出し中、自分は元の能力になります」

「つまり倍率を貸し出すって事だな」

「そういうことです！」

なるほど、それはすごいかも知れない。

例えばイオに雷の魔力の倍率を貸し出したらオリクトの足止めを任せられる。

というか、おれは「全能力７７７倍」だけど、全能力をいつも使ってるわけじゃない。

エレノアで攻撃してる時なんか、魔法の力が丸々遊んでるもんな。

それを指定した人……うん、おれの女に貸し出す事ができたらかなりいい。

もう一回景品リストを見た。

能力は手抜きだけど、設定自体はちゃんとしてるかな。

「三等以上はいくら使ってもなくならないんだよな」

「はい、その分効果は短めです」

「一等は本気で一等だな。時間が飛び抜けてるし、使ってもなくならない」

「ちなみに、例えば三等を二つ引くことができたら、同じ人に二つの能力、違う人にそれぞれ一つずつの能力を貸し出す事もできちゃいます」

「期間中に引けるだけ引いた方がいいって事だな」

一等はもちろん文句なしの大当たりだけど、三等を十個くらい当てるのもかなり美味《おい》しいな。

炎、氷、雷――。

魔法の種類をこれから色々覚えれば、おれが十人になって違う魔法をいっぺんに打ち込めるって事だ。

うん、美味しい。

「使い切りタイプの使用期限は？」

こういうタイプは、ゲームのアイテムだと使用期限がある事が多いから、一応聞いておこう。

「ありません」

「ますます美味しいな」

「なんたって期間限定くじ引きですから」

景品手抜きのくせによく言う。

……いや、案外手抜きでもないかもな。

さて、そういう事なら引くしかないな。

「じゃあ……とりあえず十枚」

「はい、確かに。では十一回どうぞ」

「我がやる」

「いいぞ」

エレノアを肩からおろした。前と同じようにだっこした状況で、抽選器の高さに合わせてやる。

「せーの！」

ガラガラガラガラガラガラガラ――。

「ああ、お前一気に！」

「あはははは」

エレノアは大笑いしながら一気に回した。

玉が次々出てくる。あっという間に十一回――銀貨千五百（三千）枚分のくじ引きが終わった。

その間、十秒未満。

溶《と》けるってのはこういう事なのか……。

「はい、参加賞十と……おめでとうございます、三等一つで」

「当たったな」

「せめてもの救いだ」

☆

イオを連れて岩山に来た。

「今日はオリクダイト採掘ですか？」

「それはついでだ。ちょっと実験をしてみたい事がある」

「実験？」

「オリクトが出たらイオが魔法で足止めしてみろ」

「はあ」

「連発をできるだけしてみろ」

「でも、わたしの魔力じゃ――」

「おっ、早速お出ましか」

「ええっ！」

ビックリするイオ。

「カ、カケルさん」

「とにかくやってみろ。お前ならできる」

「は、はい！」

参加賞で引いて使い切りの貸し出し権を一個使った。雷の魔力の貸し出しを、イオを対象に指定する。

『イオ・アコスに雷の魔力を貸し出します。残り四分五十九秒』

エレノアとは違うタイプの声が聞こえる。

イオは魔法を使った。雷がオリクトに直撃する。

「もう一回、すぐにだ！」

「は、はい！」

言われた通りイオは魔法を放つ。しっかり連発できた。

「ど、どうして……？」

「今、おれの魔力を一時的にイオに貸し与えてる」

「カケルさんのを？　え、えええええ？　そんな事ができるんですか？」

「ああ、できる。……また前代未聞か？」

「そんな事はないですけど……一応命と引き替えに力を譲渡する禁術があるらしいとは聞いた事がありますが、一時的は……」

「なるほど。あっ、動き出したぞ」

「ええいっ！　すごい……わたしでもいっぱい撃てる」

「と言うより、おれよりちょっと威力高いんじゃないのか？」

（倍率だからな、元が貴様より高いんだろ）

「なるほどな」

能力そのものを貸し出すならおれとまったく一緒なんだろうけど、倍率を貸し出すんならおれより強くなる可能性もあるか。

逆に言えば、貸し出しても意味のない場合があるかもな。

元が0なら777倍したところで0だから。

それに心当たりが一つある。

エレノアだ。

この世界は歴史上ただの一人もエレノアの支配から逃れられた人間はいないらしい。つまりエレノアに対する耐性というものが、この世界の人間は全員0だって可能性がある。

それは今夜にでも試そうって事で、いったん置いておく。

次にタニアを召喚《しょうかん》した。

もう一個使い切りタイプを使った。

『タニア・チチアキスに氷の魔力を貸し出します。残り四分五十九秒』

「タニア、魔法をオリクトに向かって撃ってみろ」

「うん！」

タニアは言う通りにした。氷の矢が百本近く出てきて、オリクトを蜂の巣にした。

もちろんそれはあまり効かなかった。氷の矢が一瞬で溶けて、オリクトの傷跡は一瞬で塞《ふさ》がった。

だけど、おれはワクワクした。

イオとタニア。魔法使いとメイド。

見た目美少女の二人が、ハーレムパーティーの女がおれが与えた力で戦ってる。

すごくワクワクした。

一週間か……くじ引き券、死ぬ気で集めないとな。

29. ハーレム無双

レイウースの近くの森に、「餓狼《がろう》の牙《きば》」って名乗ってる盗賊団がある事をヘレネーから聞いた。

「あれがそのアジトか」

森の外から眺める。森の中から炊煙が上がってて、少なくともそこに人が住んでるのは確かだ。

おれの後ろに三人の女がいる。

ヘレネー、タニア、イオ。

お忍びの格好《かっこう》のヘレネーが答えた。

「おそらくは。餓狼の牙がここにアジトを構えてから、レイウースの街の住人が近寄れなくなったと聞いています」

「なるほどね。規模は？」

「二百人程度との事で、カケル様にはどうという事のない数ですが、リーダーの男が非常に狡猾《こうかつ》で手段を選ばないそうですから、ご注意を」

「ねえねえ、今から盗賊団討伐をするの？」

メイドの幽霊、半透明で空中に浮かんでるタニアが聞いてきた。

「ああ」

「それ、あたし達もやるの？」

「必要ないですよ。だって二百人程度なら、カケルさん一人でぱぱっとやって終わりですから」

魔法使いのイオが言った。

確かにおれが突っ込んでいったらそうなるだろう。

エレノアもあるし、ワープの羽もある。二百人程度の盗賊団なら自分で一掃できる。

できるけど。

「今日はおれ、なるべく手は出さないつもりだ。お前達三人でやってほしい」

「わたし達三人……ですか」

「あっ、もしかしてあれ？」

「カケルさんの力を貸してくれるんですか？」

経験者の二人がすぐにおれの意図に気づいた。賢いけど、未経験のヘレネーは頭に「？？？」をいくつも浮かべる。

「どういう事でしょうか？」

「そうか」

「ヘレネーは何かできるか？　戦闘でって意味で」

「一応、最低限の護身のためにこういうものを常に持っていますけど」

そう言って短刀を取り出した。ヤクザが使うようなドスと似てるけど、ヘレネーのは飾りが付いてて美術品としての価値もありそうだ。

それを抜いて、逆手《さかて》に構える。

「それで戦えるのか」

「いえ、隙《すき》を突いて何人かを斬り殺して、自害の時間を稼《かせ》ぐための体術です。王族のわたしが生きたまま捕らわれれば色々と問題が生じますから」

なるほど、わかる話だ。だが。

「自殺は今後禁止な」

おれは言った。

ヘレネーはちょっとビックリして、静かに頷いた。

「カケル様がそうおっしゃるのなら」

「うん、じゃあテストをしてみよう」

気を取り直して、ヘレネーに能力を貸し出そうとする。問題はなんの能力を貸すかだ。

これもテストを兼ねて、大ざっぱなものにした。

『ヘレネー・テレシア・メルクーリに短刀術を貸し出します。残り二十九秒』

お、行けたみたいだ。

「ヘレネー、それでおれに攻撃してみろ」

「わかりました」

ヘレネーは躊躇《ちゅうちょ》する事なく、逆手に持った短刀で斬りかかってきた。

「えっ？」

本人が驚いた。鋭い斬撃が飛んできた。

エレノアで軽く受け止める。

「普段より大分鋭かったんだな」

「え、ええ……」

珍しく戸惑うヘレネー。

普段は冷静で、おれの言った事や命令とかを平然と遂行するヘレネーにしては珍しく驚いた顔だ。

それを見られただけで、期間限定くじ引きでこれを当てた甲斐《かい》があったかもしれない。

タニアとイオにはもうしたけど、改めてその事を説明する。

「おれの力を一部貸した」

「カケル様のお力。納得です」

物わかりがいいヘレネーだ。よすぎてちょっとつまらないかもしれない。

「で、今日はそれのテストだ。おれが貸した力だけでどこまで行けるのか、ってテストをする」

「わかりました」

答えるヘレネー。納得した後の受け入れの速さは相変わらずだ。

「じゃあ始めるぞ」

宣言して、それぞれに能力を貸し出す。

『ヘレネー・テレシア・メルクーリに短刀術を貸し出します。残り四分五十九秒』

『タニア・チチアキスに氷の魔力を貸し出します。残り四分五十九秒』

『イオ・アコスに雷の魔力を貸し出します。残り四分五十九秒』

使い切りタイプを使って、三人に力を貸し出した。

森の中に入って、炊煙が上がってる方向に向かっていく。

早速一人の男が現れた。格好とか、見るからに盗賊そのものの男だ。

「てめえら何もんだ」

「――」

ヘレネーが無言で向かっていった。

動きは普段の彼女とまったく変わらない、特に速くなったりはしていない。

「敵か、ふざけやがって」

だから男は悪態をつく暇があった。

悪態をついて、腰の剣を抜いて、ヘレネーに斬りかかった。

反撃。ヘレネーの短刀が鋭く一閃。男が剣ごと横に真っ二つにされた。

「おお！」

「姫様すごい」

タニアとイオが驚嘆したが、ヘレネーは顔色一つ変えずに言った。

「当たり前です、カケル様のお力ですから」

「うん、そうだね！」

「はい！」

相変わらずやたらとおれを持ち上げる三人。

三人は突き進んだ。

敵が次々と現れ、怒鳴ったり――あるいは相手が美女だと見ていやらしい顔をして襲いかかってきたりした。

ヘレネーが短刀を振るい、タニアとイオがそれぞれの得意魔法を連発する。

あっという間に、それらが悲鳴だけに塗りつぶされた。

三人だけで次々と盗賊達を倒していった。

777倍能力アップ。

今の三人は言うなれば、世界屈指の一芸に長けた女達だ。

世界屈指の短刀術の使い手、世界屈指の氷魔法の使い手、世界屈指の雷魔法の使い手。

元ある能力がどれくらいなのかわからないけど、普通の777倍ってのはそういう事だろう。

タニアやイオは魔法を撃ってるだけなのでわかりにくいけど、ヘレネーはその「一芸」がよく出ていた。

「きゃあ！」

今も転んでいた。足元の小石に躓《つまず》いて盛大にすっ転んだ。

チャンスに盗賊が飛びかかった——が、すっ転んだ体勢のままのヘレネーに真っ二つにされてしまう。

動きも遅く、簡単に躓くようなドジを踏むが、おれが貸した短刀術は文句なしに強い。

それを、彼女達も気がついてる。

「姫様、あまり動かないで来たのを迎え撃った方がいいです」

「そうします」

盗賊が次々に倒されていく。

テストは上々と言えるだろう。

そして、もう一つ収穫があった。

三人が倒した盗賊に、ごくたまにくじ引き券が落ちてくるのを見つけた。

これはもしかしたらって思ってた。おれと一緒だからなのか、おれが力を貸したからなのかわからないけど、もしかして落ちるんじゃないかって思ってた。

結果しっかり落ちて、満足だ。

(手出ししないのか)

エレノアが聞いてきた。

「女達が戦ってるのを見てるのも楽しい。おれの力で戦ってるのならなおさらだ」

(我が死霊の軍勢を率いていたのと同じだな)

「それと一緒にされるとは……まあでもそういうものかもな」

エレノアと雑談して、完全な観戦モードに入った。

五分もしないうちに、三人だけで盗賊を一掃した。ピンチらしいピンチはヘレネーが転んだところだけで、三人ともかすり傷一ついてない。

これまたヘレネーだけはちょっと動き回ったから、息が上がってる。スタミナか体力か、そういうのも貸し出せばよかったかもな。

まあ問題はない、テストの結果は大満足だ。

やっぱりもっともっとくじを引こう。期間限定のこれをもっと数揃《そろ》えとこう。

三人は談笑しながら、おれの所に戻ってくる。おれはかけてやる褒《ほ》め言葉を考えた。

横から急に一人の男が飛び出してきた!

男はヘレネーを後ろから羽交い締めにして、短刀を持ってる手首を摑《つか》んだ。

「動くな！　こいつがどうなってもいいのか！」

「姫様！」

男はヘレネーを盾にした。

密着しすぎてタニアとイオは魔法が撃てず、短刀を封じられて純粋な腕力勝負になったヘレネーは男の羽交い締めをふりほどけない。

「姫様？　ほう、どこの姫様か知らねえが、こいつの命が惜しかったら下手《へた》なまねをするんじゃねえぞ。おれはやる時はやる男だからな」

男はヘレネーの首をわしづかみにした。いつでも殺せるぞってアピールだ。

「……」

おれは無言でエレノアを抜いた。

「てめ、これが見えね――」

一瞬で踏み込み、ヘレネーを傷つけない様にエレノアで男の両腕を斬り落とした。

「え？」

空に舞う自分の両手。男は何が起きたのかわからない様子。

わかる必要もない。

ヘレネーを引き寄せて抱きしめ、男の首をはねた。

そいつが最後で、今度こそ盗賊団は全滅した。

「悪かったな、危険に晒《さら》して」

ヘレネーはまったくの冷静だった。

「カケル様がいらっしゃいましたので、大丈夫だとわかっていました」

「そうか」

相変わらず冷静なヘレネーだった。

こうして盗賊団を壊滅させたおれ達。

余談だが、話を聞いたデルフィナが「わ、わたくしも鞭《むち》の心得があります」とアピールしてきた。

次は一緒に連れてってやろう。

30. ハーレムを作るしかない

デルフィナがベッドの上でぐったりしていた。

二時間以上かけてノンストップで可愛《かわい》がったから、もうヘロヘロでぐったりしてる。

一方で、おれは全然大丈夫だった、というか全然足りてない。

普通に考えればビックリくらいシてるのに、逆にもっともっとしたくなった。

腹が減ってなかったのに、つまみ食いしたら逆に腹が減った、そんな感じだ。

今まではこんなことなかった。ぶっちゃけその辺人並みだった。

これってもしかして——精力も777倍になってるのか?

「……なってるだろうな」

まったく収まらないモノを見てつぶやいた。十回以上はしてるのにまだこの状況って事は、
確実にそうなってるって事だ。

そんなにしてもまだまだしたい。

体でもしたいし、別の意味でもまだしたい。

デルフィナのそばに出てきたくじ引き券を拾った。

始まる前はなかったくじ引き券、それが一枚出た。

間違いなくデルフィナを可愛がったからゲットできたくじ引き券だ。

体的な意味でも、くじ引き券的な意味でももっとしたかったけど、デルフィナにこれ以上無理させるのは気が引ける。

うーん、どうしたもんか。

「すみません……」

「うん？」

「お役に……立てなくて」

デルフィナがぐったりしたまま謝った。

本当に777倍なら、そもそも一人の女が受け止めきれるわけがない。

「気にすることはない」

だからデルフィナは悪くない。

悪くないけど、現実的には困った。

ぶっちゃけ、おれの相手ってデルフィナ一人だけなんだよな。デルフィナがギブアップしたらもう相手がいなくなる。

……自分で処理するか？

いやそれは切なすぎる上に、間違いなくくじ引き券は出ない。

間違いなくそれじゃ出ない。理屈じゃないけど、なんとなくそれはわかる。

「メイドを……お呼びします」

「メイド？　ミウの事か？」

「はい、わたくしの代わりにユウキ様の相手を――」

「あー、ミウはそういうのじゃないんだ」

「え？」

「え？」

デルフィナはなんでか驚いた。

驚いたけど、気を取り直して更《さら》に言った。

「じゃあ魔法使いを」

「イオ？　イオも違うんだ」

「え？　ならヘレネー殿下……」

「ヘレネーも違う」

「ユウキ様……つかぬ事を伺《うかが》いますが。わたくし以外の心当たりは？」

「……ない」

隠してもしょうがないからはっきり答えた。

ないもんはないんだから仕方がない。

「そうなのですか？」

「ああ」

「わたしはてっきり、殿下と魔法使いの二人はそうなのだとばかり」

まあそう見えるよな。というか、ヘレネーはおれもそういうつもりだった。

ただ色々タイミングがなくて、彼女はよく来るけど、帰っちゃうんだよな。

だから未《いま》だにそうなってない。

ヘレネー。

思い出すと、よりムラムラしてきた。

ムラムラで、ギンギンで、むちゃくちゃつらい。

「あの、ユウキ様」

「うん？」

「少しは回復しましたので……お相手します」

恥《は》じらいながら言うデルフィナ。

微妙に辛《つら》そうなのは変わってないけど、その健気《けなげ》さが嬉《うれ》しかった。

彼女を押し倒して、「ありがとう」と耳元でささやいた。

☆

次の日もムラムラしっぱなしだった。

朝、いつもの様にやってきたイオとパーティーを組んで日課の山ウシ狩りとオリクダイト採取に行ったけど、チラチラ気になってしょうがなかった。

イオは布面積の多い魔法使いの格好《かっこう》をしてるけど、逆にその間にあるわずかな肌の露出が色っぽかった。

それを見てるだけでムラムラがひどくなった。

それをオリクトにぶつけてみた。

エレノアで粉々にして、再生したそばから粉々にして、再生したそばから粉々にしていった。

スポーツで発散するというのと同じだ。それを全力でやった。

でも、ほとんど意味はなかった。ムラムラは収まるどころかひどくなってくばかりだ。

流石《さすが》にヤバイから、適当に理由をつけてイオと別れた。

別れた後、草原にいた。

人の多い街中にいるよりこっちの方がいいって思ったからだ。

ロイゼーンは結構若くて可愛い娘が多い。街中にいたら暴発して犯罪に走ってしまいそうだ。

草原で日が落ちるのを、約束の時間になるのを待って、ワープでデルフィナを迎えに行った。

デルフィナの部屋には彼女だけじゃなくて、ヘレネーもいた。

ヘレネーはお忍びの格好じゃなくて、はじめて会った時と同じ、ドレスを着ていた。

露出の多い、胸元を強調しつつも、上品さを醸《かも》し出してるドレス。それを着ているヘレネー。

それを見た瞬間、おれは爆発した。

☆

屋敷の寝室、ベッドの上でヘレネーとデルフィナがぐったりしていた。

何度も気絶するくらい可愛がった結果、二人はヘロヘロでぐったりしてる。

そしておれはビンビンで、まだまだ物足りない。

相手が二人に増えた以外、昨夜とまったく同じ光景だ。

「ふ、二人でもだめだったなんて……」

「当然……です。カケル様ですから……」

「これじゃ体がもたない……」

デルフィナのつぶやきが耳に入る。

そういう風に言われるのは男として悪い気はしない。

ちなみにくじ引き券は一枚ゲットした。二人を可愛がり出してから十回目以降でのゲットだし一枚だから、人数とかじゃないな。

モンスターを倒してゲットするのと同じ様にランダムなんだろうか。

数をこなして確認したいけど、既《すで》に二人は「体がもたない」って言ってる。

無理してつぶれられたら困る。

ヘレネーとデルフィナ、おれの女。

おれは自分の女をつぶして喜ぶ趣味はない。使いつぶすより、そばに置いてずっと可愛がった方が絶対いい。

……と、そんな事を考えてるうちにまたムラムラの波がきた。

くじ引き券関係なく、男として普通にほしくなったムラムラ。

ベッドの上にいる二人をみた。

やっぱり無理はさせられない。

金はあるんだ、ここは娼婦《しょうふ》でも——と思ったその時ドアがノックされた。

「ご主人様、イオさんが来ました——ひゃん！」

「カケルさん、今日ってもしかしてカケルさん体調が——きゃあ！」

ミウとイオが部屋に入ってきた。

飛んで火に入る夏の虫。

ミウはおれの奴隷《どれい》メイドでおれの持ち物、イオはエレノア曰《いわ》くおれを慕ってる「信者」。

おれは二人をベッドに押し倒した。

☆

ベッドの上でへとへとしてるのが四人になった。

はじめてのミウとイオはヘトヘトに、ヘレネーとデルフィナはますますヘトヘトになった。

でもっておれはまだビンビンしてる。

困った。

困ったってレベルじゃないくらい困った。

困り果てて、どうにかならないかと（どうにもならないけど）部屋の中を見回した。

壁際に置いてあるエレノアが目に入った。

（わ、我はダメだぞ！）

エレノアのひどくうろたえた声が脳内に響く。

「当然だばか」

張り裂けそうなくらいムラムラしっぱなしだけど、流石にそれはあり得ない。剣の姿のエレノアをどうにかする事はあり得ない。

というかどうやったって無理だ。

……くじ引き所の幼女バージョンなら危なかったけど。

「ご主人様鬼畜です……しくしく」

「カケルさんってやっぱりすごい……」

ミウとイオがなんかつぶやいてた。ミウはちょっと拗《す》ねてる顔をして、イオは四人のうちで一番うっとりしてた。

そんな二人にまたムラムラした。ぐったりしているヘレネーとデルフィナにもムラムラした。

我ながら——ひどすぎる。

☆

朝日を浴びて、仁王《におう》立ちするおれ。

背後のベッドで四人がとろけ切った顔でつぶれている。

百回以上は軽く回数をこなした結果、合計三枚のくじ引き券をゲットして、ようやく少しは——支障のない日常生活を送れるくらいに収まった。

この二日間の出来事で、おれは決意した。

くじ引き券をゲットするために。

女達を過労死させないために。

「ハーレムを作ろう」

おれは声に出して宣言した。

書き下ろし短編・メイドのおしごと

玄関から音が聞こえます、誰かが帰ってきたようです。

玄関に向かいました、そこにヘレネーさんがいました。

わたしはいつもヘレネーさんに見とれてしまいます。ヘレネーさんは綺麗《きれい》で、上品で、ザ・お姫様《ひめさま》そのものの人だからです。

「お帰りなさいヘレネーさん。今日はお一人ですか?」

「ええ。カケル様は?」

「今はお出かけです。夜には帰ってくると思いますよ」

「そうなの? カケル様が戻ってくるまで、お風呂《ふろ》を頂いてよろしいかしら」

「わかりました、すぐに沸《わ》かしてきます」

わたしは大至急でお風呂を沸かしました。

脱衣所にヘレネーさんを連れて行って、お召《め》し物を脱《ぬ》がせます。

「はわぁ……」

「どうかしたの?」

ます。

「い、いいえ！　なんでもありません」

ヘレネーさんはにこりと微笑《ほほえ》んだまま、ちょこん、と小首を傾《かし》げました。

ヘレネーさんは本物のお姫様です、わたしがお召し物を脱がせてもけろっとしてらっしゃい

わたしのようなメイドに裸《はだか》を見られてもなんとも思っていません、さすがお姫様です。

そんなヘレネーさんのお風呂を手伝って、風呂上がりのお世話もしました。

屋敷《やしき》にあるヘレネーさんのお部屋まで連れて行って、髪を梳《と》かして、丁寧《ていねい》に乾かします。

「はわぁ……」

「くす、今度はどうしたの？」

「えっ！　あっ、ごめんなさい！　ヘレネーさんの髪があまりにも綺麗でしたから」

「そう？」

「はい！　金色で、長くて、すごく素敵です！」

「ありがとう」

「そうだ、ヘレネーさん、他のメイドさんから聞いた話なんですけど、最近上流階級のお嬢様たちの間で流行《はや》ってる髪型があるみたいですよ」

「流行りですか」

「はい！　男の人に大人気の髪型みたいです！　わたしもやってみようと思ったのですけど、

長い髪の人じゃないと出来ない髪型なんです」

「男の人に……カケル様も気に入るかしら」

「きっとお好きだと思います！」

「今度、カケルさんがいるときにそれにしてもらえるかしら」

「はい！」

髪を乾かし終えると、ヘレネーさんは持ってきた書類を出して、仕事を始めてしまいました。

真剣な横顔です。

元々お綺麗な顔なのに、ますます素敵です。

「そうだ」

わたしはヘレネーさんのためにお茶を淹《い》れました。

これも他のメイドの人からきいた、目と頭が疲れたときに、疲れを和《やわ》らげる作用があるお茶です。

そこにちょっと、魔法のスパイスを。

女の人がより色気を出すというスパイスです。

色気って具体的にどんなものなのかわかりませんが、ヘレネーさんにもっと色気が出たらご主人様が喜ぶと思いますので、ちょっと入れてみました。

部屋に戻ってくるとヘレネーさんが真剣にお仕事をしたままなので、横にそっとお茶を置いて、そっと部屋から出ました。

ロビーに戻ってくると、今度はデルフィナさんがいました。

商人のデルフィナさん。今日も相変わらず色っぽいドレス姿をしています。

長身で、すらっとしてて、とても色っぽい人です。

「お帰りなさいデルフィナさん。今日はご自分で？」

「ええ、近くまで来ましたので。カケル様は？」

「今はいません。夜に帰ってくるっておっしゃってました」

「そう、じゃあ急いで戻らないとね」

デルフィナさんはそう言いました。

この人とご主人様は素敵な約束をしていらっしゃいます。

デルフィナさんが望む時に、ご主人様が迎えにいって、屋敷まで連れてくるというお約束です。

それを羨《うらや》ましいかどうかって言われると、ちょっぴり複雑です。

だってわたしはメイドですから。ご主人様のおうちで仕事するのが一番の幸せなのです。

迎えにきてもらう幸せを感じるには、ご主人様のためにお仕事をする幸せを犠牲《ぎせい》にしなければならないのです。

複雑です。

わたしがそんな事を考えている最中、デルフィナさんはずっとわたしの事をじっと見つめていました。

「どうしましたか?」

「そういえば、あなたにずっと聞きたい事があったわ」

「わたしにですか?」

なんでしょう? デルフィナさんがわたしごときに聞くことなんてあるのでしょうか。

「あなた、わたくしのところで働かない?」

「え?」

「早い話がスカウト。どう?」

「ス、ススススカウトですか?」

「何を慌《あわ》ててるのかしら?」

「だ、だってわたしのようなふつつか者をスカウトだなんて」

「わたくし、自分にとって損になる取引はしない主義なの」

「でも、わたしはお屋敷のお仕事がありますから……」

「屋敷には代わりのメイドを十人派遣《はけん》するわ。それくらいあればあなたの穴を埋《う》められるでしょう」

「十人?」

どうして十人なのでしょう。なにか意味があるのでしょうか。

「ごめんなさい」

わたしは謝りました。すごくありがたいお話ですけど、受けるわけにはいきません。

「わたしはご主人様の奴隷《どれい》メイドですから」

「そう。それは残念。まあ、彼から人材を奪えるとも思えませんでしたけど……わたくし自身そうですし」

デルフィナさんは最後になにかぶつぶつ言いました。よく聞き取れなかったけど、口元がちょっと笑ってたので、きっと嬉《うれ》しい事のはずです。

「邪魔《じゃま》したわね。また夜にでも」

「はい！　いってらっしゃいませ」

わたしはお辞儀《じぎ》をして、デルフィナさんを送り出しました。

一人になって、指を折って残りのお仕事を数えます。

掃除はしました、洗濯《せんたく》もしました。

食材はルーカスさんに注文しましたし、他に仕事は……。

そうだ、薪割《まきわ》りをしなきゃ。ヘレネーさんにお風呂を沸かしたので、薪が少しへりました。

庭に出て、薪割りをしました。

いつ何があっても大丈夫なように、薪を使えるように割っていきます。
薪割りが終わると、夕方になってしまいました。
一日の終わりが近づいてます。
「そろそろご主人様が帰る予定の時間だ」
わたしは慌てて自分の部屋に戻りました。
これから一番大事な仕事が残っています。
ご主人様からもらったブラシを取って、毛並みを整えます。
丁寧に、丁寧に梳《す》いていきながら、手触りを整えます。
丁寧に梳いて、空気を混ぜて。
ご主人様から頂いたお給料で買った魔法の粉も使って、毛をふわふわにします。
全身を綺麗にして、ふわふわにしました。
これでご主人様がいつ帰ってきても大丈夫です。
「ただいまー」
「――っ！」
瞬間、胸が高鳴ります。聞き覚えのある声です。
わたしはパッと立ち上がった後、深呼吸します。
落ち着いて、落ち着いてわたし。

深呼吸をしてから、玄関に向かいます。

ご主人様がそこにいました。

「お帰りなさいませ、ご主人様」

「ただいま、ミウ」

ご主人様はそう言って、両腕を広げます。

ドキン。

また胸が高鳴ります。さっきよりも強くドキッとなりました。

いつもの様に、おいでおいでとジェスチャーするご主人様に近づきます。

「ただいま、ミウ」

ご主人様はもう一度そう言って、わたしを抱きよせてもふもふします。

もふもふ、もふもふ。

ただいまのもふもふです。

もふもふをしたご主人様は満足してくれたみたいです。

一番大事なお仕事ができて、わたしは、幸せな気持ちに包まれたのでした。

あとがき

皆様初めまして、台湾人ライトノベル作家の三木《みき》なずなです。

本作『くじ引き特賞：無双《むそう》ハーレム権』を手に取っていただきありがとうございます。

この作品のコンセプトはずばりタイトル通り！　くじ引きの結果無双とハーレムの権利を手に入れ、その権利を自由気ままに行使《こうし》する話でございます。

戦闘に関するあらゆる能力が常人の777倍なので、苦戦する事はあり得ません。銃を持った農夫の戦闘力が五という基準から計算して、主人公の素の戦闘力は四千近くになります。そこに伝説の魔剣を得て五割増、この先くじ引きで新たな力を得て（さらっと予告）更に倍増！　軽く見積もって戦闘力は一万、そしてまわりは五のまま、よしんば大魔王が登場してもそいつはたったの二百六十です。

この主人公が戦闘で苦戦する事なんてありえないのがわかると思います。

そして男の器《うつわ》という点もさっきの計算から、普通の人のざっと二千倍ということになります。生物学的に人間のオスは一人につき1．5人の伴侶《はんりょ》がベストとされています。つまりこの主人公のハーレムキャパシティは三千人！　三千人全てを愛して幸せにする主人公です。

この作品はそういう作品です、無敵が確定し、ハーレムも確定した。結果が確定したところで、その間のエピソードを楽しんでいただくために書いた作品です。

このコンセプトを最後まで貫《つらぬ》く所存ですので、楽しんで頂ければ幸いです。

本作に近いコンセプトの作品を同時にｗｅｂでも連載しております。似たようなもののちょっと味付けをかえた物、タレ味の焼き鳥のあとは塩味も試してみたいな——と言う方は是非《ぜひ》左のＱＲコードからアクセスしてみてください。


最後に謝辞です。格好良く無双する主人公、そして可愛《かわい》くも綺麗《きれい》なハーレムヒロイン達を描いて下さった瑠奈璃亜《るなりあ》様。文章とイラストをとりまとめて本にしてくださった担当Ｋ様。そして、この本を全国——いや全世界に届けてくださったＧＡ文庫様。関係者の皆様に厚く御礼申し上げます。

なるべく早く二巻をお手元に届けられるよう鋭意《えいい》作業中でございますので、書店などで見かけましたよろしくお願いいたします。

二〇一六年三月某日　なずな　拝

ファンレター、作品の
ご感想をお待ちしています

〈あて先〉

〒106－0032
東京都港区六本木2－4－5
SBクリエイティブ（株）
GA文庫編集部 気付

「三木なずな先生」係
「瑠奈璃亜先生」係

本書に関するご意見・ご感想は
右のQRコードよりお寄せください。

※回答の際、特殊なフォーマットや文字コードなどを使用すると、読み取る事ができない場合がございます。
※中学生以下の方は保護者の了承を得てから回答してください。
※アクセスの際や登録時に発生する通信費等はご負担ください。

http://ga.sbcr.jp/

くじ引き特賞：無双《むそう》ハーレム権

発　行　　2016年4月30日　初版第一刷発行
著　者　　三木なずな
発行人　　小川　淳
発行所　　SBクリエイティブ株式会社
〒106−0032
東京都港区六本木2−4−5
電話　03−5549−1201
03−5549−1167（編集）
装　丁　　AFTERGLOW（山崎　剛／西野英樹）
印刷・製本　中央精版印刷株式会社

ISBN978-4-7973-8708-7
Printed in Japan　　GA文庫

0.2ルクスの魔法の下で

嶋 志摩

イラスト／竹岡美穂

リザはたった一人の魔法使い
僕は彼女を――不幸にする。

「どうやってその字を読んだの？　この世界の文字じゃないのに」

ある日高校生の東圭輔は、校内で有名な不良娘、藤倉リザの前でうっかり異世界の文字を読んでしまう。リザは誰もが美少女と認めるが、跳ねっ返りで友達がいない孤高の存在。そして自称"あちら側の世界"の魔法使い……の孫娘。"あちら側の世界"に憧れる彼女は、祖母の遺産を紐解き、世界を渡る手伝いをしろと付きまとうが――。

嘘吐き少年と不良少女が織りなす、学園ミステリックファンタジー。

灰燼《かいじん》の魔法士と魔導戦艦

葉月 双

イラスト／伍長

「俺は『硫黄島《いおうとう》の悲劇』の生き残り。スパイ疑惑をかけられている」

魔法を基盤に発展した日本によく似た国家、煌国《こうこく》は、時空の歪みを通り抜けて来た軍隊と戦争状態にある。この世界にない兵器を扱う彼らは模倣人《ミミック》と呼ばれていた。模倣人に捕らわれていた少年、咲良誠《さくらまこと》は、彼らの実験で強大な魔力値を得て生還。裏切り者がいると考えた誠は、海上学園に再入学する。世界を守るため、過去に決着をつけるため、誠は裏切り者を捜す。全てを灰燼と化す力を得た少年の学園バトル・マギカ開幕！

伊達エルフ政宗

著：森田季節　イラスト／光姫満太郎

高校生、真田勇十《さなだゆうと》は戦国時代の真田幸村《ゆきむら》として転生した。しかし、そこで出会ったのは眼帯のエルフ!?　彼女こそ大名の伊達《だて》政宗《まさむね》だという。

「同じエルフでも最上《もがみ》のようなダークエルフと一緒にするなよ」

織田《おだ》サタン信長《のぶなが》が覇道を進むこの世界で、戦国時代の歴史を知る真田勇十は生き残ることができるのか？

森田季節×光姫満太郎が贈る異世界転生×戦国ファンタジー！